작고 이상한 **비치숍**

THE ODDEST LITTLE BEACH SHOP

작고 이상한 _{아주조금} 비치숍

베스 굿 지음 · 이순미 옮김

서울문화사

1

늦은 아침 애니는 먼지가 잔뜩 낀 폭스바겐 골프를 끌고 모퉁이를 돌아 나오다 급하게 브레이크를 밟았다. 그녀의 눈앞에 펼쳐진 광경에 감탄과 당혹의 시선을 동시에 던질 수밖에 없었다.

감탄의 시선은 반짝이는 드넓은 푸른 바다로 향했다. 음울한 도시를 벗어나 콘월로 떠나는 데 결정적인 영향을 준 것이 이 바다였다. 기대했던 대로 경관은 아주 훌륭했다. 정말로 숨이 멎을 듯 아름다워서 사고 위험을 감수하고라도 차를 멈추고 감탄하며 바라볼 만했다. 급경사에 좁다란 시골길인데도 이미 여러 차례 반대 방향에서 오는 차를 마주했다. 그러니 분명 뒤에서 같은 방향으로 달려오는 차들도 있을 것이다.

애니의 눈앞에 전혀 뜻밖의 광경이 펼쳐졌다. 그녀는 놀라서 쳐다봤다.

"이게 대체……"

한 가지 긍정적 효과라고 한다면 급정거한 덕에 런던에서부터 내내 옆에 앉아 냉랭하게 침묵을 지키던 레오가 보고 있던 만화에서 마침내 눈을 떼고 고개를 들었다는 사실이려나.

사실 옷도 제대로 걸치지 않은 흡혈귀들과 이상한 옷을 입은 근육 덩어리 슈퍼 히어로들로 가득한 만화책이 열세 살 소년에게 적합한 건지는 모르지만 그렇다고 책을 빼앗을 용기도 없었다. 레오가 책을 읽는 것을 실제로 본 건 이게 처음이기도 했다. 지난 몇 개월 동안 그녀는 수없이 많은 일들로 조카와 부딪혀왔다. 이제는 사소한 일로 매번 이어지는 다툼에 조금씩 지쳐가고 있었다.

"왜 멈춘 거예요? 벌써 도착했어요?"

차 앞에서 무슨 일이 생겼는지 몰랐던 레오가 다그치듯 물었다.

"저 남자 때문에."

그녀는 앞을 가리키며 간단히 말하고는 다시 말을 고쳤다.

"아니, 저들 때문에."

레오는 금발의 곱슬머리를 돌려 그들을 보았다. 깨끗한 십 대 소년의 이마에 주름이 생겼다.

"헐! 대박!"

"말조심!"

애니는 그런 말에 그다지 개의치 않았지만 자동적으로 레오에게 주의를 주었다. 언니 수잔은 분명 이런 말에도 신경을 썼을 것이 분명했으니까. 언니는 레오를 예의 바른 아이로 키우려고 노력했다. 존댓말을 쓰게 하고 말끝마다 '고맙습니다'를 붙이게 했다. 또 옷소매로 코를 닦지 않게 하고, 흙이 잔뜩 묻은 장화를 신고 집 안을 돌아다니지 않게 하기까지 했다. 애니는 언니의 그런 노력을 이어가는 것에 최선을 다하고 있을 뿐이다. 그러나 부모라면 자연스러운 잔소리와 꾸지람은 왠지 자신이 없었다. 레오가 그녀의 아들이 아니기 때문일 수도 있고, 아니면 그녀가 아직 부모가 될 자질이 부족해서일 수도 있다.

둘은 말없이 방해물을 바라보았다. 저기에 대고 무슨 말을 할 수 있을까?

파란색 반바지에 양쪽 팔꿈치를 덧댄 트위드 재킷을 입고 빵모자를 쓴, 나이를 가늠할 수 없는 한 남자가 도로 한가운데에 서 있었다. 고무장화와 수북한 다리털이 화룡점정이었다. 아, 그리고 양 세 마리도 있다. 두 마리는 호기심 가득한 눈으로 애니를 보고 있었고, 나머지 한 마리 새끼 양은 남자의 팔에 안겨 있었다. 새끼 양은 남자의 품에 파고들어서 머리는 보이지 않고 복슬복슬한 하얀 엉덩이와 말아 올라간 꼬리만 보였다.

그 남자 너머 두 절벽 사이 해변가로 대서양이 웅장하게 펼쳐져 있다. 하얀 포말과 군데군데 검은 점들이 찍혀 있는 푸른 파도가 일었다. 저 검은 점은 서핑복을 입은 서퍼들일까?

눈앞의 남자도 아침에 이 길에서 자동차를 마주할 것이라고 는 생각지도 못했다는 듯이 우두커니 그들을 노려보았다. 애니는 '하긴, 콘월이잖아' 하는 생각이 들었다. 이곳은 자동차가 흔하지 않을 것이다. 대신 사람들이 양을 타고 다니는지도 모른다. 아니 면 양들을 데리고 예쁜 산책로를 따라 산책을 가는 건지도 모른 다. 이 남자처럼⋯⋯.

애니는 남자에게 엷은 미소를 지어보이며 마음을 가라앉히고 기다렸다. 남자는 결코 허락할 수 없다는 듯 입술을 꼭 다물고 꼼 짝도 하지 않았다. 대신 양 한 마리가 앞 범퍼에 주둥이를 들이댔 다. 전조등에서 젖을 빠는 듯한 모습이었다. 남자는 양을 제지하 지 않았다.

"젠장!"

그녀는 키득거리는 레오를 무시하고 중얼거렸다. 그러고는 자 동차 경적을 신경질적으로 울렸다.

'빵!'

경적 소리는 생각보다 훨씬 커서, 양쪽에 높이 솟은 절벽 사이 로 그 거슬리는 소리가 울려 퍼졌다. 양이 기겁하며 떨어졌고 남 자의 팔에 안겨 있던 새끼 양도 놀라 버둥거렸다. 장화를 신은 남 자는 여전히 움직이지 않은 채 눈살을 찌푸렸다.

"저 남자 마음에 안 들었나 봐요."

레오가 말했다.

그녀는 입술을 깨물었다. 적절한 대처였는지 모르지만 어떻게 든 했어야 했다. 레오의 안전을 우선해야 했으니까.

"양들을 놀라게 한 건 미안한 일이지만, 하루 종일 누군지도 모르는 농부가 길을 비켜주기를 기다릴 수는 없는 일이잖아. 위험하기도 하고. 뒤에서 다른 차가 언제 속력을 내며 모퉁이를 돌아 올지도 모르고. 그 차가 저 남자를 들이받아 납작하게 만들 거야. 물론 내 차 뒤쪽은 완전히 박살 날 거고."

"일리 있네요."

그녀는 신경질적으로 다시 경적을 울렸다.

'빵! 빵!'

남자가 조롱하듯 입술을 삐죽거리며 그녀를 똑바로 노려보았다. 그러고는 다른 한 손을 들어 중지를 치켜세웠다.

"대박."

레오가 감탄하듯 말했다. 그녀는 바로 잘못을 인정했다. 좀 더 참아야 했는데. 여긴 이제까지 살아왔던 런던이 아니라 콘월이었다. 경적 소리에 양들이 겁을 먹었을 것이다.

"아, 이런."

그녀는 도로에 인접한 들판으로 성큼성큼 걸어가는 남자를 보며 말했다. 경적 소리에 놀라 양들이 달아난 것이다.

"제발 저 남자가 클라우디아의 친구가 아니길. 그렇다면 정말 어색할거야."

그 순간 백미러를 보니 또 다른 차가 뒤쪽에 와 있었다. 그 차도 빠른 속도로 사각 지대를 미끄러져 나와 급정거한 것이다.

하지만 지금은 도대체 왜 이곳에서 차를 멈췄는지 뒤차에게 설명해줄 길이 없었다. 양들과 반바지를 입은 고집불통의 농부는 사라지고 오로지 그녀만 남겨진 상황이었기 때문이다. 추월할 공간조차 없는 좁은 도로에 차를 세워 그대로 뒤차가 부딪쳐 오기를 기다리는 격이다. 바보 천치 같다.

애니는 짙은 머리의 남자가 노려보는 시선이 느껴져 돌아보았다. 랜드로버가 바로 뒤쪽에 멈춰 서 있었다. 성질 급한 운전자는 요란하게 소리를 냈고 그녀의 차가 즉각 움직이지 않자 '빵!' 하고 경적을 울렸다.

"알았다고. 그러는 당신은 머리나 빗고 다니시지!"

그녀는 투덜거리며, 기어를 급히 넣고 바다를 향해 나 있는 언덕을 빠르게 내려왔다. 레오는 책으로 시선을 다시 돌리며 비꼬듯 말했다.

"콘월에 오신 것을 환영합니다."

애니는 조카를 나무라지 않았다. 환영 인사는 톡톡히 받았다. 이제 그들은 영국 남서부 시골에 와 있다는 사실이 현실로 다가

왔다. 이틀 전, 그녀는 자신의 작은 아파트를 포기하고 가구들을 창고에 넣어두었다. 레오는 학기 절반을 끝내고 학교를 그만두었다. 그녀가 이미 이 지역의 중학교를 찾아놓았다. 지금쯤이면 대부분의 짐이 도착해 있을 것이다. 작은 짐들은 차 뒤에 실려 있고 옷가지와 생필품은 여행 가방과 더플 가방에 넣었다. 물론 노트북과 액세서리도 들어 있다.

드디어 콘월에 도착했다. 도로에 양이 다니는 곳. 농부들은 절대 서두르지 않는 곳.

이런 변화가 레오에게 정말로 필요한 것이라고 생각했다. 콘월의 해변만 해도 얼마나 아름다운가!

또 다른 코너를 빠져 나오자 두터운 황금 모래사장 너머로 푸른 바다가 위풍당당하게 반짝이고 있었다. 심장이 멎을 듯한 멋진 광경이었다. 애니는 충격을 주체할 수 없어 브레이크를 밟았다.

'빵!'

깜짝 놀라 백미러를 보니 산발 머리 운전자가 그녀에게 주먹을 흔들어대고 있었다.

"성질 급한 자식!"

애니가 소리쳤다. 레오는 책의 페이지를 넘기며 차분히 말했다.

"이모, 고운 말 쓰세요."

"미안."

그녀는 화를 억누르며 속도를 내어 언덕을 빠르게 내려왔다.

"내가 말이 험하게 나올 때가 있어. 좀 전에도 나도 모르게 튀어나왔지 뭐야."

"괜찮아요. 엄마도 맨날 그랬어요."

레오의 목소리에는 슬픔이 깃들어 있는 것 같았다. 애니는 레오를 슬쩍 쳐다봤다. 가여운 녀석. 세 살에 아빠를 잃은 것으로 불행은 끝이어야 했다. 레오의 아버지이자 애니의 형부였던 잭은 군인으로, 아프가니스탄에서 복무하다가 세상을 떠났다. 그런데 그이후 엄마까지 그의 곁을 떠난 것이다. 신의 뜻이란 것이 있는지 의심스러울 지경이었다. 언니 수잔은 횡단보도에서 음주 운전을 하던 차에 치였다. 의사들은 회복할 가능성도 있다고 말했지만 언니는 사흘 만에 뇌출혈로 사망했다.

그 일이 근 삼 개월 전이다. 그동안 애니는 장례식을 치르고 언니의 집을 매물로 내놨다. 집을 팔아서 얻은 돈은 언니의 유언대로 레오가 스물한 살이 될 때까지 신탁으로 넣어두었다. 그리고 조카를 자기 집으로 데려왔다. 달리 선택의 여지가 없었다. 그녀의 부모님은 어린아이를 키우기에는 연로하셨고, 친가 쪽은 그보다 젊기는 했지만 레오를 키우는 데 그다지 흥미가 없었다.

다행히 그녀가 그리 멀지 않은 곳에 살고 있어서 레오는 전학하지 않아도 되었다. 하지만 엄마가 죽은 후 아이는 달라졌다. 집에서는 무심한 표정으로 혼자 방에 틀어박혀 있었고, 학교 수업 시간에는 말썽을 일으켰다. 몇 주 동안 그가 일으킨 '사고'에 대해 사과를 하기 위해 학교에 출석한 후, 애니는 그를 데리고 상담을 받으러 갔다. 상담은 잠깐 효과가 있는 듯했지만 곧 레오는 자해를 하기 시작했다. 상처는 팔다리를 작게 벤 것이었지만 심각한 문제가 아닐 수 없었다.

학교에서 일어난 당황스러운 사건 이후에 담임선생님은 그녀에게 솔직하게 말했다.

"레오에게는 적절한 조치가 필요합니다. 환경을 바꿔보는 것도 도움이 될 거예요. 인생의 새로운 방향을 제시하는 것과 같은 거죠. 상실감을 다른 곳으로 돌릴 무엇인가가 필요합니다."

"정학이라는 건가요?"

애니는 믿기지 않는다는 듯이 다그쳤다.

"정학이라기보다 기회라고 생각하세요."

담임선생님은 그녀를 달래듯 이야기 했다.

"두 사람에게 딱 맞는 학교를 찾을 수 있을지도 몰라요."

그날 밤 애니는 너무 속상해서 오랜 친구에게 전화로 고민을 쏟아냈다. 예전에 콘월로 이사 간 친구 클라우디아는 그곳에서 서퍼와 결혼했다. 그리고 남편과 함께 콘월의 외진 해변가 마을에 서핑용품 가게를 열었다. 이는 낭만적으로 들리지만 성수기가 지나면 지루한 일상의 연속일 거라고 애니는 생각했다. 게다가 정작 남편이란 작자는 다른 서퍼와 사랑에 빠져 달아났고, 지금은 클라우디아 혼자 가게를 운영하고 있었다.

"그럼 내려와서 나랑 폴젤에서 살자."

클라우디아의 갑작스러운 제안에 애니는 깜짝 놀랐다.

"레오도 여기를 맘에 들어 할 거야. 수영도 할 수 있고 서핑도 배울 수 있어. 여기 아이들은 여름 내내 해변에서 살다시피 해. 혼자 지낼 걱정은 하지 않아도 돼."

"그럼 내 일은 어쩌고?"

지난여름에 두 번째 학위를 딴 애니에게 남겨진 어마어마한 학자금 대출금에 비하면 그리스 사태는 아무것도 아니었다.

"몇 달 만에 겨우 마케팅 쪽에 취직했는데, 갑자기 일을 그만두고 콘월로 이사하면 생계는 어떻게 꾸려가라고?"

"가게 위층이 다음 달부터 빌 거야. 그냥 여기 와서 살고 전기세랑 식비만 내. 나머지는 내가 다 알아서 할게. 대신 네가 가게 일을 도와줘야 해. 내가 서운하지 않게 월급도 줄게. 걱정하지 마."

클라우디아는 한동안 가게를 엄청 자랑하더니 쐐기를 박듯이 말했다.

"망설이지 말고 그냥 와. 여기 오면 정말 너무 좋을 거야. 내가 널 도울 수도 있으니까 말야."

"그렇지만 너 혼자서도 잘하고 있는 거 같은데."

"아니야. 솔직히, 케니가 떠난 후로 힘들었어. 옆 가게에서 치사한 술수를 써서 내 손님을 채 가거든. 네가 와야 숨통이 좀 트일 것 같아."

양쪽 사정을 고려해봤을 때 거절하기 어려운 제안이었다.

지금 애니는 폴젤의 해변가 마을을 응시하고 있다. 유명한 금빛 모래사장은 상점, 호텔 그리고 야영장과 인접해 있고 마을 전체는 두 개의 절벽 사이에 펼쳐져 있으며 절벽 너머에는 들판밖에 없었다. 돌아갈 수 없는 외딴 시골. 미래를 위한 새 보금자리. 그게 바로 이곳이었다.

"드디어 도착했다."

그녀는 실제보다 훨씬 기쁜 척하며 레오에게 말했다.

"폴젤은 햇살이 가득한 곳 같아! 우리의 새로운 집이 어떠니?"

그녀는 옆에 있는 레오를 보며 웃었다. 그는 대략 삼 초 정도 고개를 들더니 곧 다시 소설로 눈을 돌렸다.

"저 트랙터 조심하는 게 좋을 거 같아요."

"무슨 트랙터?"

그 말에 전방을 주시하던 애니는 작은 비명을 질렀다. 핸들을 인도 쪽으로 틀어 울타리를 들이받았다.

"이런, 씨, 씨앗!"

애니는 간신히 커다란 빨간 트랙터를 피할 수 있었다. 트랙터는 흙탕물을 튀기며 요란한 소리와 함께 천천히 반대 방향으로 지나갔고 운전사는 그녀를 향해 고개를 저었다.

"세상에!"

차는 울타리 깊숙이 박혀 있었다. 가느다란 울타리들이 사이드 미러에 마구 엉켜 있는 것이 보였다. 앞 범퍼와 라디에이터 부분도 분명 크게 다르지 않은 상태일 것이다. 차 뒤쪽은 좁은 길을 가로질러 튀어나와 있었다.

애니는 서둘러 기어를 넣고 후진했다.

'빵!'

놀라서 백미러를 힐끗 보았다. 뒤에 랜드로버가 따라오고 있었다는 것을 완전히 잊고 있었다. 운전자는 그녀를 노려보고 있었고, 그의 손은 다시 한 번 시끄럽게 경적을 울릴 듯한 태세였다.

"알겠다고요, 이 성질 급한 양반아. 가요, 가."

화가 치민 그녀는 속도를 내서 다음 커브에서 돌아 나와 구불거리는 도로를 빠져나왔다. 레오는 급작스러운 속도에 눈살을 찌푸렸고, 지금은 먼지 구름에 휩싸인 랜드로버를 뒤돌아보았다.

"힘내요, 이모. 아주 인상적이었어요. 아직 희망은 있어요."

그녀는 어색하게 미소 지은 후 말했다.

"입 다물어."

클라우디아의 가게를 못 찾을까 걱정했는데 멀리서도 잘 보였다. 대로변에는 해변 느낌이 물씬 풍기는 카페와 술집, 레스토랑, 서핑과 물놀이 용품 상점들, 야영장 등이 있었고 길 안내 표지판들, 작은 슈퍼마켓 등 관광지임을 알려주는 곳들이 많았다. 그 너머로 언덕 저 먼 곳까지 민박집들과 작은 호텔들이 멋진 주택단지와 조화롭게 어울려 있었다. 작은 도시 정도의 크기인 예쁜 마을이었다.

마지막 모퉁이를 도니 바로 '폴젤 서핑 숍'이 나왔다. 간판에 가게 이름이 커다란 파란색 글자로 적혀 있어 마치 파도처럼 보였다.

'외관은 페인트칠을 조금 새로 해야 할 것 같군.'

애니는 친구에게 제안할 업무 목록을 머릿속에서 작성하고 있었다. 인도에 접한 바깥쪽으로는 밝은 색의 서핑 보드와 보디 보드가 겹겹이 쌓여 있고, 잠수복과 서핑용 신발이 진열된 선반들, 양동이와 삽, 망에 담긴 비치볼, 악어와 고래 모양의 튜브와 커다란 고무보트, 그리고 물놀이 용품들이 쌓여 있었다.

클라우디아의 가게 바로 옆에는 다른 상점이 없었지만 조금 떨어진 곳에 창틀의 칠이 벗겨진 가게가 하나 있었다. 거기도 역시 인도에 접한 벽에 다양한 색상의 서핑 보드, 잠수복, 비치 볼 그리고 모래놀이에 쓰는 작은 깃발들이 쌓여 있었다.

그 가게의 간판에는 '가브리엘의 바다 창고'라고 쓰여 있었고, 해적 깃발이 달린 빛바랜 난파선과 금화가 담긴 보물 상자 그림이 그려져 있었다. 이 가게는 앞 유리창을 좀 닦아야 할 것 같았다. 바닷물이 말라 만들어진 소금이 덕지덕지 붙어서 안을 들여다보기 힘들었다.

두 가게 사이로는 차 한두 대가 주차할 만큼의 공간밖에 없었다. 가까이 가보니 거친 담벼락 위에 '개인주차구역' 표시가 있었다. 애니는 가게 주인들을 위한 공간이라고 생각하고 그곳으로 들어갔다.

"자, 도착했어."

그녀는 억지로 웃음을 지었다. 조카를 위해 지친 기색을 내보일 수 없었다.

"내 가방 좀 줘. 바로 들어가서 클라우디아에게 왔다고 알리는 게 좋을 것 같아."

레오가 바닥에 떨어진 핸드백을 줍는 동안, 그녀는 오는 내내 콘월의 바람을 맞으려고 열어두었던 자동차의 창문을 닫았다. 그때, 아까 양 사건 이후 뒤를 쫓아오던 랜드로버가 옆으로 들어왔다. 애니는 깜짝 놀라 고개를 돌려 운전석 창문을 노려보았다.

산발 머리 남자와 눈이 마주쳤다. 그의 시선은 험악했다.

"아, 뭐 어쩔 건데?"

이번에는 그녀도 화를 숨길 수 없었다.

"트랙터를 내가 못 봤다고 욕하고 싶은가 보네. 못 돼먹은 인간. 상대할 가치도 없어."

"바로 그거예요."

레오가 격려하듯 말했다. 그녀는 건네받은 가방을 챙겨 차 문을 열려고 했다. 하지만 옆 차가 너무 바짝 대놓아서 나갈 수가 없었다.

"아, 젠장!"

애니는 마지못해 랜드로버 운전자를 힐끗 쳐다봤다. 그는 여전히 자기를 쏘아보고 있었다. 그녀는 억지로 웃어 보이며 좁은 차 간격을 가리키고는 차에서 내리려는 몸짓을 했다.

그 남자는 애니의 얼굴에서 시선을 떼지 않고, 할 말이 있다는 듯 보조석 창문을 내렸다. 남자가 이해를 못 한 것 같았다. 그녀는 한숨을 내쉬고 똑같이 자신의 보조석 창문을 반쯤 내린 뒤 화가 난 남자의 눈을 바라보며 공손하게 말했다.

"죄송하지만, 그쪽 차가 가로막고 있어서요. 조금만 옆으로 가 주시면 안 될까요?"

"안 됩니다."

그가 무미건조하게 대답했다.

2

"네?"

남자의 거절의 말을 이해하지 못한 애니는 그를 빤히 쳐다봤다.

"하지만…… 당신이 너무 바싹 댔어요. 문을 열 수가 없어서 차에서 나갈 수도 없다고요."

"나와는 상관없는 일입니다."

남자는 통명스럽게 대답했다.

"이렇게 해야 표지판을 제대로 읽겠지. 이제 읽을 수 있으시려나?"

그녀는 얼굴이 화끈거렸다.

"당연히 읽을 수 있죠."

"아, 그럼 그냥 명청한 거였나 보군."

"뭐라고요?"

"아니면 무례한 거든가. 그러면 이해가 좀 되네."

남자가 빈정댔다.

"눈이 안 보이면 당장 운전을 그만둬야 하는 거 아닌가?"

이것은 분명 좀 전에 도로에서 있었던 일에 대한 보복이다. 트랙터 사고가 그렇게 큰일이었나? 아니면 양을 데리고 나온 남자 때문에 멈춰 있던 것 때문에? 엄밀히 말하면 둘 다 그녀의 잘못이 아니었다. 그 길 자체가 구불거리고 좁으니 애초에 트랙터가 다니면 안 되지 않을까? 말도 안 되는 주장이라고 해도 여긴 콘월이다. 트랙터와 양의 땅 콘월이다.

다시 그를 쏘아보는 대신 애니는 힘겹게 열까지 숫자를 세며 마음을 진정시켰다. 남자가 차를 이동하는 것이 훨씬 편했다. 그가 차를 움직이면 아무도 손해 볼 일 없이 깔끔하게 일이 해결된다. 하지만 아무래도 이 남자는 그 사실을 모르는 것 같다. 그리고 그 싸가지 없는 말들에 대해서도 욕을 먹어도 싸다.

'멍청하다고? 무례하다고?'

그건 자기가 아니라 저 남자에게 해당되는 말이었다.

남자는 여전히 애니를 바라보며 앞쪽 벽에 쓰인 문구를 가리켰다.

"자, 당신이 멍청하고 무례한 게 아니라 솔직하지 못한 사람일지도 모르니 말해주지. 여기에 '개인주차구역'이라고 써 있소. 당신이 지금 내 자리에 떡하니 차를 세워놓은 거라고."

젠장.

"아, 죄송해요. 저 가게를 찾아온 거라서 괜찮은 줄 알았어요."

애니는 눈으로 가게 간판을 가리키며 말했다.

"아, 잠깐만요. 그럼 당신도 클라우디아의 가게에서 일하는 거예요?"

남자의 시선에서 비꼬는 표정을 읽을 수 있었다. 그러면서 남자는 옆 가게의 간판을 가리켰다. 손가락을 따라 고개를 돌렸다.

'가브리엘의 바다 창고'

남자는 클라우디아 가게에서 일하는 게 아니라 그 반대였다.

"아. 그럼 당신이 가브리엘인가요?"

그는 대꾸도 하지 않고, 대화는 이제 끝이라는 듯이 차창을 올렸다. 애니는 차에서 나와 문을 잠그고 뒤도 돌아보지 않고 가는 남자의 모습을 믿을 수 없다는 듯이 노려보았다. 이 더운 날에 셔츠 위에 방수 재킷과 색 바랜 청바지를 입은 키 크고 마른 남자에 대한 안 좋은 인상만이 남았다. 남자는 재빠르게 가게 계단을 올라갔지만 이상하게 서두르는 것처럼 보이지는 같았다. 잠시 후 그는 가게 안으로 사라졌고, 구식 종소리를 내며 문이 쾅 하고 닫혔다.

'옆 가게에서 치사한 술수를 써서 내 손님을 채 가거든.'

클라우디아가 전화로 한 말이었다. 산발 머리의 랜드로버 운전자가 클라우디아가 말한 그 치사한 술수를 쓰는 옆 가게 주인일까? 분명히 그럴 것이다. 그는 그야말로 클라우디아의 설명에 딱 들어맞는 인간이었으니까.

"쳇."

하지만 할 수 있는 말은 이게 전부였다. 레오에게 쓴웃음을 지으며 말했다.

"저 남자 정말 재수 없다. 네가 있는 쪽으로 구겨서 나가야 할 거 같아. 그쪽에 공간 충분해?"

레오는 가늠하듯 자기 쪽 문과 벽 사이의 좁은 공간을 확인하고 그녀의 엉덩이를 쳐다보더니 어깨를 으쓱했다.

"직접 확인해보세요."

'이런 깍쟁이 같으니라고.'

잠시 후 그녀는 빨개진 얼굴로 숨을 헐떡이면서 문과 벽의 좁은 틈 사이로 뒷걸음쳐서 빠져나왔다. 분명 척추가 다쳤을 것이다.

이게 주차장이라고? 주차장이라고 하기에는 정말 차 한 대 들어갈 공간밖에 없었다. 틀림없이 매일 이곳을 차지하려는 자리다툼이 치열할 것이다. 그녀는 머리카락 사이로 길 여기저기를 바라보며 차를 댈 만한 다른 곳을 찾았다. 주차는 반대편에만 가능했고, 그곳은 이미 차들이 빽빽하게 주차되어 있었다.

날은 짜증날 정도로 더웠다. 도로의 열기가 운동화를 뚫고 올라오는 것을 느낄 수 있을 정도였다. 그리고 모든 것이 미세한 흰 먼지로 덮인 것처럼 보였다. 바다소금 아니면 모래가 아닐까 하는 생각이 들었다.

상기되고 땀에 젖은 얼굴을 정돈한 애니는 폴젤 서핑 숍 계단에서 들리는 친숙한 비명 소리를 들었다.

"애니!"

"클라우디아!"

"어머, 애니! 다시 보니 너무 좋다!"

클라우디아는 계단을 뛰어내려와 애니를 꼭 껴안았다. 차에서 빠져나올 때만큼 세게 갈비뼈를 누르며 포옹을 해주었다.

"클라우디아!"

애니는 다시 친구의 이름을 부르고 공중에 키스 소리를 내며 인사했다. 한쪽 뺨에 두 번씩, 그리고 행운을 위해 한 번 더.

"나도 너무 기뻐. 정말로 내가 왔어!"

"런던에서 그 먼 이곳까지 말이지. 이젠 딴 세상 같을 거야."

"맞아. 정말 그렇다니까."

클라우디아가 고개를 저으며 쓸쓸한 미소를 지었다.

"콘월도 물론 근사하지만 나는 도시의 활기가 그리워."

"하베이 닉스(영국의 고급 백화점 - 역자 주) 같은 거?"

"퇴근 후 피카딜리에서 마시는 칵테일 한 잔도."

"언제든 가게를 팔고 런던으로 갈 수 있잖아."

"언젠가는 그럴 수 있겠지."

클라우디아는 과한 몸짓으로 한숨을 쉬고, 체념한 듯한 동작을 취했다.

"하지만 너도 알잖아. 블랙홀 같은 곳이 있다는 거."

클라우디아는 학창 시절에 비해 별로 달라지지 않았다. 말끔하게 정돈된 옅은 금발의 생머리가 가녀린 어깨를 스쳤다. 금발 머리 사이로 물고기 모양의 귀걸이가 반짝였다. 체리색 빨간 립스틱에 진녹색 눈 화장. 목 위로는 호화로운 첼시 미술관 관장 같은 분위기라고 생각하며 친구를 애정 어린 눈으로 바라보았다. 하지만 목 아래로는…….

"너…… 대체 뭘 입고 있는 거야?"

그녀는 호기심에 찬 웃음을 참으며 물었다. 클라우디아는 거의 벗다시피 한 자기 옷차림을 내려다보며 무심한 듯이 어깨를 으쓱했다.

"로마에 가면……"

"그건 토가라고 할 수도 없겠는데."

"토가를 입기엔 오늘 너무 덥잖아."

클라우디아가 진한 분홍색의 비키니 상의를 아무렇지 않게 튕기며 말했다.

"그리고 분홍색으로 밑단을 둘러싼 검정색 사이클 반바지가 이번 주 필수 아이템이거든. 지금 해변 자전거 축제가 한창이야. 내가 말 안 했던가? 자전거를 탄 참가자들 수백 명이 수요일에 마을을 지나갈 예정이야. 운이 좋으면 그중 몇 명은 아이스크림을 먹거나 해변에서 즐기려고 잠시 쉬어갈 수도 있어. 그러니까 너는 그들의 다부진 허벅지와 종아리를 감상할 수 있는 완벽한 타이밍에 이곳에 온 거란 말씀."

클라우디아는 눈을 찡긋했다.

"또 작고 귀여운 수영복을 팔 수도 있고."

애니는 그 말에 웃다가 옆에서 말없이 서 있는 레오의 존재를 깨달았다.

"이쪽은 내 조카, 레오야."

그녀는 레오를 앞쪽으로 밀며 괜찮다는 뜻으로 미소를 지었다.

"레오, 내 오랜 친구 클라우디아야. 내가 말해준 것 생각나지? 서핑 가게를 운영하고 있다고."

그녀는 위층 창문을 올려다보며 말을 이었다.

"여기가 이제 우리가 지낼 곳이야."

"맞아."

클라우디아는 그를 향해 사랑스럽게 미소를 지었다.

"폴젤에 잘 왔어, 레오. 애니 이모에게 네 얘기를 들은 후로 정말 만나고 싶었지 뭐야. 분명 너도 이곳을 좋아하게 될 거야."

클라우디아의 목에 열쇠가 달린 가죽 끈이 걸려 있었다. 그녀는 끈을 머리 위로 빼냈다.

"내가 너희 둘을 안내해주는 동안 제이미가 가게를 보고 있으면 돼. 레오도 괜찮지? 네 방 보러 가자."

레오는 도착해서 정신이 없었는지 아무 말 없이 고개를 끄덕였다.

"제이미가 누구야?"

애니는 어리둥절해하며 친구에게 물었다. 그리고는 함께 가방을 꺼내 들고 가게 계단으로 끌고 올라갔다. 클라우디아에게 벌써 새 애인이 생긴 걸까?

"제이미는 우리 가게에서 아르바이트하는 사람이야. 두 탕 뛰고 있지."

그녀는 어깨를 으쓱하며 출입문에서 애니를 기다렸다.

"요즘에는 두 탕은 기본이고, 세 탕도 뛰더라고. 콘월 해변 지역에서는 그게 기본이야. 제이미도 아침에는 해상구조대원으로 일하고, 오후에는 우리 가게 일을 도와."

"구조대원?"

클라우디아는 애니의 표정을 보고 웃었다.

"맞아. 나랑 사귀는 사람이 아니라 그냥 종업원이야. 앙큼한 것!"

"나 아무 말도 안 했어!"

"말 안 해도 알겠던데 뭐. 그런데 정말 아무 사이도 아니야."

클라우디아는 이번에는 목소리를 낮추고 말했다.

"그래서 말하는데, 제이미 여자 친구 없어."

애니가 소리 내어 웃었다.

"걱정 마서. 지금은 그럴 생각 전혀 없어. 이제 겨우 그 멍청한 찰리를 잊은 참이야. 여자 친구 언니 장례식장에서 헤어지자고 하는 놈이 어디 있어?"

"생각할 가치도 없는 놈이야."

클라우디아도 덩달아 퉁명스럽게 말했다.

그녀 말이 맞다. 그는 시절 좋을 때만 좋은 친구였다. 그와 함께 한 6개월은 즐거웠다. 하지만 찰리는 레오를 데려와 함께 살아야 한다는 사실을 알리자마자 헤어지자고 했던 인간이다. 그것도 장례식 아침에 와서 불쑥 헤어지자고 한 것이다.

"나는 부모가 될 준비가 되지 않았어. 미안해."

그는 그렇게 말하고 아파트 열쇠를 건넸다.

한심한 인간!

클라우디아가 물건으로 가득한 가게 안으로 안내하자, 애니는 계산대 뒤에 있는 젊은 남자를 자기도 모르게 흥미 있는 눈으로 바라보고 말았다. 그는 키가 훤칠했고 몸매도 다부졌다. 그가 인사하러 다가왔다. 반바지 아래로 보이는 그의 단단한 근육질 다리와 깊게 패인 빨간색 조끼 사이로 드러난 구릿빛 팔뚝에 저도 모르게 시선이 갔다. 조끼에는 '구조대'라고 쓰여 있었다.

제이미처럼 근육질의 멋진 남성이 물에 뛰어들어 구해주는 것이라면 그녀는 깊은 물속이라도 기꺼이 들어가겠다고 생각했다.

그러고 보니 또 반바지다. 콘월 사람들은 죄다 반바지를 입는 걸까? 하지만 이 남자는 고무장화를 신고 양을 품에 안고 있던 사람과는 전혀 달랐다. 아무렴 그렇고 말고.

"안녕하세요. 제이미라고 합니다."

제이미가 자기를 향해 미소 짓자 애니의 입이 저절로 벌어졌다. 욕망 가득한 시선을 거두고 몇 마디 인사를 해야 할 차례였다.

"아…… 안녕하세요."

그녀가 뒤늦게 악수하며 말했다.

"마…… 만나서 반가워요. 이 아이는 레오예요."

애니는 스스로도 어색한 미소를 지었다.

"안녕, 친구. 만나서 반갑다. 서핑 하니?"

레오가 고개를 저었다.

"음, 걱정하지 마렴. 바닷가로 같이 가줄게. 내가 가르쳐줄 수 있어. 강사 자격증을 막 땄거든. 그것도 공짜로 해주지. 몇 주면 다른 사람들만큼 잘하게 될 거야."

제이미는 근육으로 빛나는 팔을 넓은 가슴에 대고 팔짱을 끼며 편하게 말했다.

"어머 너무 고마워요. 너무 좋지 않아?"

애니는 그렇게 탄성을 지르며 팔꿈치로 레오를 쿡 찔렀다.

"그렇네요."

레오는 건성으로 대답하고는 가게 뒤 창문 너머 바다로 시선을 옮겼다. 그는 조금 걱정하고 있는 것 같았다.

날은 더웠지만 바다는 약간 거칠었다. 대서양의 파도가 하얗게 부서지는 소리는 마치 멀리서 치는 천둥소리 같아 조금 무서웠다. 그래도 애니는 아이들은 어른보다 변화에 빨리 적응하는 법이라며 레오가 곧 바닷가 생활에 익숙해지고, 즐거워하리라 생각했다. 비 내리는 우중충한 런던을 그리워하며 몇 주 동안 괴로워할 사람은 레오가 아니라 자신일 것이다.

클라우디아는 가죽 끈에 달린 열쇠를 흔들며 말했다.

"자, 이제 위층을 보여줄게. 전망이 끝내줘."

"아무렴 그렇겠지."

애니는 친구를 따라 가게 뒤편으로 좁다랗게 이어진 계단을 올라갔다. 위층의 전망은 정말로 환상적이라는 말 이외에 달리 더 좋은 표현을 찾을 수가 없었다. 모래사장 양 끝으로 높다란 절벽이 서 있고 그 사이에는 푸른 대서양이 펼쳐져 있었다. 이 바다는 미국까지 연결되어 있으리라. 따스하고 기분 좋은 햇빛이 방 안 나무 바닥 위로 비쳤다. 낮에는 창턱의 화초들이 햇빛을 즐길 수 있고, 밤에는 블라인드를 내려 가로등 불빛을 차단할 수 있었다. 두 개의 근사한 소파, 안락의자, 텔레비전, DVD 플레이어, 책과 장식품을 넣어놓는 장식장이 있었다. 비어 있는 선반에는 먼지 한 톨 없었다.

클라우디아는 애니를 보고 물었다.

"어때?"

"너무 좋아. 정말 멋있다. 생각보다 훨씬 넓고."

"침실도 어서 봐. 그리고 나서 나는 사라져줄게."

클라우디아는 한쪽 끝에 아기자기한 흰색 주방이 있고 다른 한쪽 끝에는 욕실이 있는 회랑의 문을 열어 젖혔다. 방은 두 개였는데, 하나는 커다란 월넛 옷장이 있는, 바다가 보이는 더블 룸이었고 다른 하나는 이층 침대와 좁은 창문이 있는 작은 방이었다. 침대는 깨끗한 흰색 린넨으로 정돈되어 있었고, 생화와 새 휴지 상자가 테이블 위에 놓여 있었다.

"꽤 힘들었겠다. 뭐라고 해야 할지 모르겠어. 너무 완벽해서."

애니가 친구를 꼭 안으며 말했다.

"그런 소리 마. 대신에 네가 가게 일을 도와줘야 해. 내가 할 일 다 적어놨어."

애니가 미소 지었다.

"빨리 일하고 싶어. 잘 가르쳐줘."

"미안해, 레오. 네게 익숙하지 않은 게 많을 거야."

클라우디아는 무표정으로 작은 방을 둘러보는 레오에게 말했다.

"하지만 매일 어느 침대에서 잘지 고르는 재미는 있을 거야."

"학교에서 친구를 사귀면 자고 가라고 초대해도 되지 않을까?"

애니의 말에 레오는 얼굴을 붉혔지만 곧 어깨를 으쓱했다.

"그럼요, 괜찮겠죠."

레오는 배낭을 이층 침대 아래 칸에 던지고 창가로 갔다. 큰길
이 보였다.

"바다 전망이 아니네."

애니는 그에게 바다가 보이는 넓은 방을 쓰라고 해야 할지 몰
라서 머뭇거렸다. 하지만 자기가 가져온 많은 짐 생각도 났고, 조
카의 말을 무조건 들어주는 것도 좋은 것은 아니라는 생각이 들
었다. 그녀는 아이들에게는 규율과 한계가 필요하다는 사실을 빠
르게 배워가는 중이었다.

3

클라우디아 덕분에 애니는 다행히도 곤란한 대답을 피할 수 있었다.

"레오, 아마 방에서 보낼 시간은 별로 없을 거야. 여기 아이들은 날씨가 좋을 때면 밖에서 살다시피 하거든. 친구들도 금방 사귀게 될 거야. 그러면 너도 여름 내내 해변에서 바비큐 파티를 하거나 서핑을 하느라 밖에 살다시피 할 거야. 애니 이모가 네 얼굴을 까먹는 거 아닌가 모르겠구나!"

"주방도 근사해 보여."

애니는 서둘러 말하며 그가 알아서 하게 두라고 클라우디아에게 손짓했다.

"이 레인지 사용하는 법 좀 가르쳐줘."

긴 주방에서도 밖이 조금 보였다. 주방은 티끌 하나 없이 깨끗했고 요리 기구들도 사용감은 있었지만 모두 하얀색으로 깔끔했다. 싱크대에 창문이 나 있었다. 애니는 그 창문 아래로 사람들이 지나다니는 모습을 하염없이 바라보며 하루를 보내는 건 아닐까 걱정이 되었다. 가스레인지는 작았고, 팬 오븐은 덜거덕거리는 소리가 크게 났지만 자신과 레오가 쓰기에는 안성맞춤이라고 생각했다.

클라우디아는 주전자에 물을 올리고 컵과 차가 어디에 있는지 알려주었다.

"필요한 거 몇 가지 샀으니까 당장은 장을 볼 필요는 없을 거야. 우유, 차, 빵 그리고 스펀지케이크 샀어. 비싼 건 아니야. 네가 언짢아하지 않았으면 좋겠네."

"언짢아한다고?"

애니가 컵 두 개를 준비하며 씩 웃었다. 레오는 차를 마시지 않는다. 자기 배낭 안에 있는 탄산음료를 더 좋아할 것이다.

"나는 네가 인간의 탈을 쓴 천사 아닌가 하고 생각하던 참이야."

"그럴 리가. 난 그냥 네가 와줘서 정말 기쁘고 오래 머물렀으면 좋겠다는 마음뿐이야. 필요한 게 있으면 뭐든 말해."

"티스푼."

클라우디아는 싱크대 옆 서랍을 가리켰다. 애니는 서랍을 열어 빠르게 두 개의 티스푼을 꺼내며 창밖을 내다보았다.

"아 또 저 남자야."

그녀를 가로막았던 무례한 그 남자가 창문 아래 서 있었다. 낡은 랜드로버의 주인인 산발 머리 남자. 주변에는 신경도 쓰지 않고 길을 건너 작은 슈퍼와 우체국 쪽으로 걸어갔다. 옆구리에 갈색 봉투를 끼고 있었다.

"누군데?"

클라우디아가 다가와 창밖을 내다보았다.

"가브리엘이야. 내가 너한테 말했잖아. 내 인생의 골칫거리라고. 바로 옆에서 가게를 운영하면서 계속해서 나를 괴롭히는 인간이야. 그런데, '또'라니 무슨 말이야? 제발, 벌써 저 남자와 시비가 있었다고 하지는 말아줘."

"내가 저 사람 자리에 차를 주차했나 봐."

"맙소사. 하긴 그랬겠구나."

클라우디아는 입술을 깨물며 물 끓는 소리에 돌아섰다.

"미안해. 주차장은 미리 조심하라고 말해줬어야 했는데. 가브리엘이 자기 공간에 굉장히 집착하거든. 뒤쪽으로 돌아가면 우리 주차 공간이 있어. 진입로가 조금 좁긴 한데, 금방 요령을 터득할 거야."

"집착한다고?"

애니는 얼굴을 찡그리며 그가 우체국 밖에 멈춰 서서 녹색 원피스에 보석이 박힌 샌들을 신은 멋진 삼십 대 금발 여성과 이야기하는 것을 보았다.

"내 생각에 똥고집이라는 말이 더 어울리는 것 같아."

애니는 섹시한 금발 여성을 유심히 살폈다.

"저 여자는 누구야? 여자 친구?"

"여자 친구? 가브리엘은 여자 친구 같은 거 없어. 오히려 여자들을 싫어하면 싫어했지."

클라우디아는 차에 물을 부으며 목을 길게 빼고 밖을 내다보았다.

"와, 이거 재밌네."

"뭐가? 저 여자가 누군데?"

애니는 궁금하다는 듯 물었다.

"사라 할버트. BBC 지역 방송 리포터야. 지역 유지의 딸이자 이 구역의 미친년이기도 하지. 소문이 그렇다는 말이야. 하지만 대부분 그 소문을 믿는 편이지. 그 편이 훨씬 재미있거든."

클라우디아는 찻주전자로 고개를 돌리며 인상을 찌푸렸다.

"그렇지만 저 둘은 어울리는 조합이 아닌데."

"왜?"

"서로 싫어하거든."

길 건너편 대화가 갑자기 중단되고 사라는 보석 박힌 샌들을 신은 발로 뛰어갔다. 가브리엘은 뛰어가는 그녀의 뒷모습을 노려보고 있었다. 그의 두 눈이 햇볕 때문에 가늘어졌다.

애니는 급히 몸을 옆으로 비키다 의자에 부딪쳤다. 그러고는 균형을 잃고 축축한 바닥에 엉덩방아를 찧는 바람에 의자가 왕관처럼 머리 위로 쓰러졌다.

"아야! 빌어먹을…… 아야, 제기랄!"

애니는 의자를 밀쳤지만 머리가 욱신거렸다.

"어머, 괜찮아?"

클라우디아는 당황하며 일어서는 애니를 잡아주었다.

"왜 그래?"

"미안, 그게…… 미끄러졌어."

"조심해. 내가 너희 도착하기 바로 전에 물걸레질 했거든. 아직 마르지 않았을 수 있어."

몇 분 후, 애니는 다시 마음을 다잡고 창밖을 내다보았지만 우체국 입구는 텅 비어 있었다. 가브리엘은 가고 없었지만 애니를 올려다보던 적개심 가득한 얼굴이 눈에 생생했다. 어떤 연유인지 몰라도 가브리엘은 자기를 싫어한다. 정말로 싫어하는 것 같다. 고작 오 분밖에 만나지 않았는데도.

"콘월에 아주 잘 오셨어."

애니는 혼자 중얼거렸다. 아픈 엉덩이를 문질러야 할지 아픈 머리를 문질러야 할지 잘 모르겠다.

4

이후 며칠은 짐을 풀고 정리하면서 보냈다. 애니는 첫날부터 가게에서 일을 시작하려고 했지만, 클라우디아가 첫 주는 그냥 새집에 적응하라며 만류했다. 레오가 동네 친구를 사귈 때까지는 옆에 있어야 하기도 했다.

"짐 풀고, 마을도 산책하고, 다른 가게 주인들도 만나면서 이곳과 친해지도록 해봐. 다음 주부터 레오가 학교에 가면 너만의 시간이 좀 생길 거야. 그때 계산대 사용법도 알려주고, 재고 보관법도 가르쳐줄게. 제이미도 네가 적응할 때까지 기꺼이 도와줄 거야. 그러니 서둘러서 할 필요는 없어."

클라우디아가 친절하게 말했다.

며칠간의 여유에 감사하며, 애니는 천천히 적응해나갔다. 그동안 그녀는 책과 장신구들을 선반 위에 진열하고, 침실의 서랍과 옷장을 정리하고, 몇몇 가구의 위치를 조정해서 움직이기 편하게

했다. 레오도 자기 방을 좀 더 편안하게 꾸민 것 같았다. 그 말인
즉슨 방 안 곳곳에 옷이 널려 있고, 아래 칸 침대에는 한 무더기의
책과 컴퓨터 게임이 쌓여 있다는 말이다. 벽에는 처음 봤을 때 그
녀를 경악하게 만들었던 포스터들이 걸려 있었다.

"얘는 도대체 누구니?"

몸에 딱 달라붙는 비키니를 입은 날씬한 몸매의 젊은 금발 여
성을 가리키며 물었다.

"스태리 아이."

"아, 그래. 그런데 스타—스태리 아이는 왜 이렇게 벗고 다녀?"

레오는 눈동자를 굴리더니 컴퓨터 게임에 몰두했다.

"고상한 척 하지 마요, 이모. 저기 해변에는 있는 여자들이 더
벗고 다니거든요."

컴퓨터 게임에서 그의 관심을 끌어낼 기회라 생각해 애니는 말
을 꺼냈다.

"그건 그래. 그러면 너도 가서 같이 놀면 되잖아."

그 말에 레오가 놀라서 그녀를 쳐다보았다.

"내 말은, 해변에 가보라고. 수영복도 챙겨 왔잖아. 아침에 창밖
을 내다보기는 했어? 날씨가 정말 끝내주거든."

"바람이 많이 불어요."

그의 말대로 바람이 불긴 했다. 하지만 화창하지만 바람이 부

는 날씨가 일상적인 폴젤의 날씨인 듯했다. 문밖으로 나가면 모래 먼지가 바로 눈에 들어갈 것이다. 애니는 고글을 쓰고 스카프를 두르고서 쉬고 있는 자신의 모습을 상상했다. 그러고는 옆집 가브리엘이 생각나 서둘러 고개를 저었다. 그는 자기를 바보라고 생각할 것이다. 에드워드 시대 여성 비행사처럼 옷을 입고 마을을 돌아다니며 그의 생각에 확신을 주고 싶지는 않았다.

"그럼 서핑하기 좋은 날씨네."

"오늘은 너무 바빠요."

그러고는 컴퓨터 화면에 시선을 고정하더니 갑자기 마우스를 위아래로 세게 흔들며 말했다.

"죽어! 죽어! 죽으라고!"

그녀는 한숨을 쉬며 그대로 뒤돌아 문을 닫고 나오며 말했다.

"좋아. 오늘은 그만 쉬어. 말 좀 예쁘게 하고."

레오는 방에서 지내더라도 그녀는 밖으로 나가고 싶었다. 조카는 열세 살, 엄밀히 말하면 혼자 두고 다녀도 법적으로 문제가 없는 나이다. 클라우디아가 마을 사람들도 만나고, 다른 가게도 둘러보라고 하기도 했고 아무것도 안 하고 집에서 앉아만 있는 것도 지루하던 참이었다.

애니는 머리를 질끈 묶고 옅게 화장을 한 뒤 가방을 들었다.

"나 잠깐 나갔다 올게. 괜찮지?"

"네, 상관없어요."

레오가 나지막하게 대답했다. 만족스러운 얼굴로 그녀는 가게로 내려갔다.

제이미는 계산대에 물건 가격을 입력하고 있었다. 그녀가 지나갈 때 손을 들어 보이는 그에게 웃어 보였다. 정말 잘생겼다. 너무 어리긴 하지만 눈은 즐거웠다. 클라우디아는 여자 손님과 아이에게 맞는 사이즈의 비치 샌들을 찾으려고 진열장을 찾아보고 있어서 방해하면 안 될 것 같았다.

밖은 환해서 영국 남서부라기보다 그리스 같은 분위기를 느낄 수 있었다. 계단 맨 위에 서서 햇살에 눈을 가느다랗게 뜬 채로 가방을 뒤적여 선글라스를 찾았다. 청바지나 반바지에 조끼를 입는 게 어색하게 느껴졌다. 그렇지만 어깨와 샌들을 신은 발등에 내리쬐는 햇살에 휴가를 온 기분을 느낄 수 있었다.

가브리엘의 랜드로버가 먼지를 잔뜩 뒤집어쓴 채 주차장에 삐딱하게 주차되어 있었다. 애니는 지나가다 조심스레 그의 가게를 힐끗 보았다. 가게 문은 열려 있었지만 창문을 따라 걸린 형형색색의 깃발이 바닷바람에 경쾌하게 펄럭이고 있어서, 상점 내부가 잘 보이지 않았다. 알을 품고 있는 거대한 매처럼 카운터 뒤에 앉아서 지저분한 창문 너머로 자기를 바라보고 있을 가브리엘의 모습을 상상하니 온몸이 떨리는 것 같았다.

그녀는 길을 건너 해변 건너편에 늘어선 상점들을 탐방하기 시작했다. 상점을 들락날락거리며 작은 장신구나 콘월의 기념품들을 샀다. 한 기념품 가게에서는 그녀가 가장 좋아하는 유명 작가 대프니 듀 모리에의 소설《자메이카 여인숙》에서 나오는 집이 그려져 있는 작은 수건을 발견했다. 그녀는 레오와 함께 이곳으로 오는 길에 실제 자메이카 여인숙에 들렀고, 거기서 황량해 보이는 보드민 무어를 내려다보며 탄산음료를 마셨다.

"예쁜 아가씨, 포장해드릴까요?"

살짝 통통한 여주인이 애니에게 윙크하며 계산대 뒤에서 물었다.

"아니요, 괜찮아요. 행주가 필요해서요. 제가 자메이카 여인숙을 좋아하거든요. 그리고 관광객이 아니랍니다. 폴젤로 막 이사 왔어요. 애니라고 해요."

"잘됐네요."

여인은 강한 콘월 사투리로 자신을 비키라고 소개했다.

"폴젤에 온 걸 환영해요, 애니. 잘 적응하길 바랄게요."

"네, 감사합니다."

"좋아요!"

비키는 다소 당황스러울 정도로 다시 윙크했다. 그녀의 눈에 문제가 있는 건 아닌지 의심될 정도였다.

더 가니 밖에 빨간색 벤치와 우산이 있는 아이스크림 가게, 작은 슈퍼, 우체국, 포장 전문 피자 가게, 그리고 문을 열지 않은 듯 보이는 작은 철물점, 부동산과 비치 용품 가게 두 곳이 더 있었다. 그중 한 곳은 이가 몇 개 남지 않은 노인들이 운영하는 오래된 상점이었고, 다른 한 곳은 명품 비치웨어와 모래사장의 필수품인 양동이와 삽을 팔고 있었다.

애니는 그곳을 한동안 둘러보고는, 금색과 검정색이 어우러진 비키니 수영복을 샀다. 지금 갖고 있는 수영복은 조금 유행이 지나 있었다. 게다가 엉덩이와 가슴이 지난번 바다에 왔을 때보다 조금 커지기도 했다. 꽉 끼는 비키니 수영복에 몸을 억지로 끼워 맞출 생각은 코빼기도 없었다.

그 외에도 술집 몇 곳과 주류를 판매하는 심야 가게들, 작고 값싼 카페들이 있었다. 다른 쪽에는 야영장과 성 모양의 놀이 기구인 바운시 캐슬이 있는 널찍한 아이들 놀이터도 있었다. 그 너머로는 해변을 이용하는 사람들을 위한 화장실과 테니스 연습장, 멋진 골프장이 이어졌다. 마을로 뻗은 또 다른 기다란 모래 언덕 왼편으로 민박집들과 현대적인 작은 주택단지가 있고, 오른편에는 풀로 덮인 절벽이 보였다.

애니는 갈 수 있을 만큼 최대한 걸어서 마침내 언덕 초입에 다다랐다. 인도는 골프장을 지나면서 점차 좁아졌고, 자동차 지붕 위에 상자를 실은 여행자들의 행렬이 끝없이 이어졌다. 아이들의 소리를 들으며 더 가려면 차를 끌고 가야 한다는 생각이 문득 들었다.

마을의 모든 주요 시설은 대략 몇 백 야드 안에 집중되어 있는 것 같았다. 세 블록에 이르는 상점들이 전부인데, 그마저도 대로 한쪽에 집중되어 있었다.

조금 실망하여 뒤를 돌았는데 뜻밖에도 옆에 자동차 한 대가 서 있었다. 지붕이 열리는 신형 벤츠 스포츠카였다.

"안녕하세요."

선글라스를 쓴 운전석의 금발 여인이 크고 하얀 이를 드러내며 인사했다. 애니는 그녀가 뱀피렐라(만화책에 나오는 흡혈귀 슈퍼히어로-역자 주)보다는 자넷 스트리트 포터(영국의 유명인사-역자 주)에 가깝다고 생각했다. 여자의 이가 햇살에 반짝였다.

"당신이 애니군요. 런던에서 클라우디아를 위해 일하러 온 여성 분, 맞죠?"

"맞아요. 그런데 어떻게 아신 거죠……?"

"미안해요. 내가 좀 무례했네요. 지난번에 당신과 당신 아들이 이곳에 도착하는 모습을 봤어요. 가브리엘의 개인 주차장에 주차했잖아요. 그 자식 정말로 열 받았을 거예요."

여자는 선글라스를 머리 위로 넘기고서는 찰랑거리는 팔찌를 찬 그을린 팔을 내밀었다. 살짝 처진 녹색 눈은 뒷소리를 의식하는 듯 경계를 풀지 않았다.

"사라예요. 라디오 방송국에서 일해요. 지역 신문사에서도 일을 하죠."

애니는 정중하면서도 조금은 조심스럽게 대답했다.

"만나서 반가워요, 사라."

애니는 도착한 날 우체국 밖에서 가브리엘과 이야기하던 여자가 바로 이 사람이라는 것을 알아보았다.

"그럼, 남편도 곧 오나요?"

사라가 물었다. 그녀의 미소는 너무 다정해서 오히려 믿기 힘든 그런 면이 있었다. 그녀는 이미 답을 알고 있다는 느낌이 들었지만 애니는 괜히 그녀를 불편하게 만들고 싶었다. 그 이유는 스스로도 알 수 없었다.

"미혼이에요."

"아."

"레오는 조카예요. 아들이 아니고."

이번 '아'는 더 부드럽고 길게 이어졌다. 사라의 인위적인 미소는 뻔한 위로의 표정으로 변했다.

"어머나, 그랬군요. 다른 사람의 아이를 떠맡는다는 거……, 그다지 유쾌한 일은 아니죠."

"레오의 엄마, 그러니까 제 언니 수잔이 얼마 전에 죽었어요. 언니 대신 조카를 맡아 키우게 되어서 기쁜걸요. 제가 할 수 있는 거라고는 그것밖에는 없거든요."

"그렇죠. 당연하죠. 상심이 정말 크겠어요."

사라는 팔찌에 반쯤 가려진 앙증맞은 금시계로 황급히 시선을 옮겼다.

"어머 이런, 시간이 벌써 이렇게 됐네? 가야겠어요. 말 시켜놓고 가버려서 미안해요, 애니. 하지만 일 때문에 어쩔 수가 없네요. 요즘 정말 바쁘거든요."

그녀는 애니를 위아래로 훑었다. '백수'라고 온몸으로 외치고 있는 청바지를 보고 알아챈 것 같았다.

"다음에 커피 한잔 마시며 이야기해요. 언니 얘기를 해줘도 되고요. 물론 우리만의 비밀이에요. 시간이 있을 때에 만나요."

"좋아요."

애니는 사라가 어필할 기회를 주자고 생각했다. 첫인상이 항상 맞는 건 아니니까.

"좋아요. 시간 날 때 가게 한번 들를게요. 그럼 그때 봐요!"

그녀는 고급 차의 으르렁대는 엔진 소리 너머로 외치고는 속도를 높여 언덕 쪽으로 사라졌다. 애니는 차가 내뿜는 매연에 휩싸여 콜록거렸다. 폐에 가득한 모래 먼지를 토해내며 그녀는 '가브리엘의 바다 창고'와 '폴젤 서핑 숍'이 나올 때까지 천천히 해변

도로를 따라 걸어갔다.

그쪽 인도는 훨씬 더 좁았다. 그나마도 일부는 모래였고, 일부는 비포장도로였다. 하지만 눈앞에 펼쳐지는 경치는 발가락을 찧으며 걸어갈 가치가 있었다. 저 멀리 청록색의 바다가 펼쳐져 있었다. 굽이치는 파도 사이에서 밝게 반짝이는 서핑 보드와 수영하는 사람들, 바람에 흩어지는 함성. 그리고 해변가 주차장 너머로 금빛 모래사장이 넓게 펼쳐져 있었다.

상점 근처에 오니 몇몇 가족들이 모래에 바람막이를 설치하고 캠프 준비를 하고 있었다. 그 옆으로 깜찍한 수영복을 입은 아이들이 햇살 아래 즐거운 비명을 지르며 뛰어다니거나 플라스틱 삽으로 커다란 구덩이를 파고 있었다. 자신의 손보다 큰 아이스크림을 쥐고 있는 아이들도 있었다. 물론 아이스크림은 빠르게 손가락으로 녹아내려 수영복까지 흘러내리고 있었다. 비키니를 입은 젊은 엄마들은 헤드폰으로 음악을 듣거나 잡지를 읽으며 일광욕 중이었다. 아빠들은 보이지 않았는데, 아마도 일을 하고 있거나 부인들에 비해 해변에 덜 열성적이었을 것이다. 그럴 수 있다. 최근에 만났던 남자 친구 찰리는 바닷가에서 보내는 휴가를 싫어했다. 그는 철저한 인도어indoor 파였다.

가족들 너머로 모래사장이 저 먼 바다까지 뻗어 있었고, 몇몇은 물의 온도를 확인이라도 하듯 얕은 물속을 엉거주춤 걸어가고 있었고, 다른 이들은 벌써 바다에 들어가 파도 사이로 뛰어들었다.

"멋진 광경이죠? 가끔 흥미로운 광경을 볼 수 있을 거요."

뒤에서 건조한 목소리가 들렸다. 애니는 뒤돌아서 쌍안경을 들고 가게 문에 기대어 있는 가브리엘을 보고 깜짝 놀랐다.

"그런 이유로 이게 필요하죠."

"흥미로운 광경이요?"

그녀는 그 말의 의미를 알면서도 아무렇지도 않게 물었다.

"희귀한 새 같은 거요."

그는 쌍안경을 들어 눈에 대고 구름 한 점 없는 하늘을 훑어본 후 다시 내리고서는 그녀를 조롱하는 듯한 미소를 날렸다.

"관찰하는 걸 좋아하거든요."

소름.

애니는 대꾸하지 않고, 옆으로 그를 냉랭하게 쳐다보며 집으로 향했다.

"좀 더 가까이에서 보고 싶지 않소?"

애니는 약간 짜증이 나 몸을 돌렸다.

"뭐라고요?"

"내 창고 말이오."

가브리엘은 그녀의 표정을 보고 웃고는 초대라도 하듯이 문 옆으로 비켜섰다. 몹시 설득력 있는 목소리였다.

"어서요. 이 길에 있는 다른 가게는 거의 다 가보지 않았소?"

그는 잠시 멈춰 가슴 위에서 팔짱을 끼고서는 애니를 뚫어져라 쳐다봤다. 머리는 전보다 더 산발인 채로 온통 검은색 옷을 입고 있었다. 꽉 끼는 검정색 티셔츠에 검은색 청바지, 심지어 운동화도 검정색이었다. 애니는 그의 머리 위 가게 간판을 냉랭하게 쳐다보며 '악마의 바다 창고'가 이 가게 이름으로 더 잘 어울릴 것 같다고 생각했다.

"무슨 문제라도 있소? 설마 겁먹은 거요?"

그의 목소리에 애니의 뺨이 뜨거워졌다.

"겁이라니요! 대체 무슨 말이에요?"

"나야 모르죠. 클라우디아가 덩치 큰 늑대 이야기를 했을 수도 있지 않겠소."

"맙소사, 어처구니가 없네요!"

애니는 계단을 힘차게 올라가 가게 문 앞에 서 있는 그와 같은 위치에 멈춰 섰다. 갑작스레 햇살 아래 서로를 마주하고 그의 눈을 바라보니 황홀하면서도 이상하게 숨이 가빴다. 지금 둘은 몹시 가까이 서 있었다.

"다른 가게는 거의 다 가보지 않았냐는 게 무슨 말이죠? 혹시…… 나를 지켜보고 있었던 건가요?"

"아, 이걸로?"

그는 쌍안경을 들어 올리며 웃었다. 그윽한 시선이 그녀의 얼굴에 고정되었다.

"그건 아니오. 하지만 그쪽이 뭘 했는지 너무 티가 나거든. 거의 모든 가게에서 뭘 사지 않았소?"

"아니거든요."

그녀가 쏘아붙였다.

"흠. 이곳에서 마음에 드는 걸 찾을 수 있을 거요."

가브리엘이 너무 가까이 있었다. 그의 미소는 정말 은근했다. 피부를 다 녹일 만큼 섹시했다.

"말만 하시면 선물 포장도 해드립니다."

"어련하시겠어요!"

"먼저 들어가시죠."

그는 과장된 몸짓으로 안으로 들어가라고 재촉했다.

"설마 하루 종일 가게 문 앞에 서 있을 생각은 아니겠죠? 별 상관없긴 하지만. 그래도 너무 오래 있으면 내가 임대료를 요구할지도 몰라요."

가게에 들어가는 수밖에 없었다.

내부는 밖에서 보는 것만큼 어둡지 않았다. 가게 뒤쪽으로 바다가 보였고, 높고 커다란 창문이 바닷바람에 흔들렸다. 바다에 반사된 햇살이 가게 안을 가득 채웠다.

애니는 스스로도 이상하게 생각하며 통로를 따라 가게 안을 돌아다녔다. 클라우디아의 가게와 비슷한 물건이 꽤 많았다. 그러나 고객층은 조금 다른 듯했다. 진열장에는 서핑 장비도 있긴 했지만 그보다는 튜브가 더 많이 걸려 있었다. 거대한 고래, 돌고래, 공룡과 같은 만화 캐릭터가 그려진 튜브와 바나나 튜브 등이었다.

"또 보네요!"

뒤를 돌아보니 출입구에 제이미가 서 있었다.

"안녕하세요."

그녀는 제이미와 가브리엘을 번갈아 보았다.

"여기서 뭐…… 뭐 하시는 거예요?"

"아침 가져왔어."

제이미가 활기차게 말하며 커피와 포장된 샌드위치를 카운터에 놓았다.

"여기."

"고마워."

제이미는 미소를 지으며 애니에게 고개를 끄덕이고서는 다시 가게를 나섰다.

애니는 제이미의 뒷모습을 계속 바라보았다. 조금 전 상황이 당황스럽고 약간은 충격이었다. 클라우디아는 이곳이 라이벌 가게라고 했다. 친구의 삶을 비참하게 만드는 증오의 대상이 바로 저 가브리엘이었다. 그런데 제이미는 어째서 그에게 이리도 다정하게 아침 식사를 가져다줄 수 있는 걸까? 그의 행동을 보면 하루이틀 해온 일은 아닌 것 같다.

"미안해요. 하지만 이게 무슨 일이죠……?"

가브리엘은 그녀가 무슨 말을 하는지 바로 알아차리고는 씁쓸하게 웃었다.

"제이미가 왜 나한테 아침을 가져다주는지 모르겠단 말이오?"

그녀는 말없이 고개를 끄덕였다.

"제이미는 내 동생이오."

"동생이라고요?"

"클라우디아가 이야기하지 않은 모양인가 보군."

그녀는 고개를 저었다. 정신이 멍했다. 둘의 관계를 알고 보니 닮은 것도 같았다. 다른 점도 보였다. 두 남자 모두 키가 크고 말랐지만 제이미는 근육질에 운동선수 같은 모습이었고, 가브리엘은 잔근육에 좀 더 거친 모습이었다. 제이미가 좀 더 잘생기기도 했다. 하지만 사람들 사이에 안 좋은 평판이 돌고 있음에도 불구하고 가브리엘에게는 거부할 수 없는 카리스마가 있었다.

"제이미가 대학교를 그만둘 때 내가 일자리를 제안했는데 자기 스스로 해보고 싶다고 거절하더군. 그렇다고 우리가 사이가 안 좋은 건 아니오. 가족은 가족이니까."

그가 어깨를 으쓱했다.

"사실 나는 제이미가 그 가게에서 일하는 건 낭비라고 생각하고 있소. 구조요원이나 서핑 강사 일에 더 집중해야 한다고 생각하오. 하지만 그건 제이미가 선택한 일이니까 어쩔 수 없지. 제이미는 여러 가지 일을 한꺼번에 하며 바쁜 걸 즐기는 거요. 나는 가장 잘할 수 있는 일에 집중하는 편이고."

"그게 뭔데요?"

애니는 천장에 줄지어 걸린 형형색색의 바나나 튜브를 올려다보았다.

"아무것도 모르는 사람들에게 바나나 튜브를 판매하는 거?"

눈살을 찌푸린 그의 모습은 악마처럼 보였다.

"성수기에 이 튜브들이 얼마나 인기 있는지 알게 되면 깜짝 놀랄 거요. 심지어 저 바나나 튜브도 인기가 많지. 맘에 들면 하나 가져도 되는데."

"괜찮아요. 바닷물은 사양할게요."

그는 비웃는 듯한 미소를 지었다.

"돌고래와 고래가 최고 인기 상품이긴 해도 휴가철에는 저 바나나 튜브도 일주일에 적어도 한 개씩은 팔려요. 놀랍지 않소?"

"정말 놀랍네요."

"튜브 놀이가 재미있으니까."

그는 튜브를 가리키며 머쓱해했다.

"그리고 사람들은 대부분 신나게 놀려고 폴젤에 와요. 당신 조카도 좋아할 거요. 특히나 트라우마가 있는 사람들에게는 이곳이 아주 좋지. 아이의 상실감을 없애줄 무언가가 필요할 거요."

애니는 가브리엘을 노려보았다. 마을의 모든 사람들이 자기와 레오에 대해 알고 있을까?

그는 침착하게 커다란 고무 바나나 튜브를 천장에서 꺼내 그녀에게 건넸다.

"수영 초보자에게는 별 소용없지만 얕은 곳에서 돌아다니기에는 괜찮을 거요. 바나나 튜브는 아이들이 좋아하는 장난감이거든."

그녀는 커다란 노란색 바나나 튜브 너머로 그를 보았다.

"클라우디아가……"

"그건 걱정 마시오. 그녀는 나를 싫어하는 척하지만 사실은 나란히 가게를 운영하는 게 서로에게 이득이오. 이쪽 거리로 관광객들을 끌어들이니까."

"그래도 이건 받을 수 없어요. 비싼 것 같아요."

"받아요."

"정말 괜찮아요."

그녀는 바나나 튜브를 내밀었지만 그는 뒷짐 지고 받기를 거부했다.

"정말로 주는 겁니다. 조카에게 주세요."

그가 냉소적으로 쳐다보며 말했다.

"정말요……?"

그는 애니의 말에 눈에 힘을 주었다.

"네, 정말로 드리는 겁니다."

애니는 겨드랑이 밑으로 커다란 바나나 튜브를 끼려 했지만 실패했다. 고무 표면이 부드럽고 매끄러워서 마치 방구 소리 같은 '피익' 소리가 계속 나왔다. 그녀는 결국 포기하고 방향을 세로로 해서 무릎으로 겨우 지탱했다.

"고마워요."

"별 말씀을."

애니의 볼이 뜨거워졌다. 튜브가 미끄러져 나가지 않기를 바라며 문 쪽으로 걸어갔다.

"이만 가는 게 좋을 거 같아요. 레오가 찾을 지도 모르니까요."

"잘 가요, 애니. 종종 들러주시고."

그의 시선이 애니를 좇았다.

오 분 후, 애니는 현관문을 세게 닫고, 커다란 바나나 튜브를 바닥으로 던졌다. 레오는 거실 러그 위에 양반다리를 하고 앉아 있었다.

"별일 없었지? 내가 뭐 가져왔는지 봐! 바나나 튜브야. 옆집 투덜이 아저씨가 준 선물이야."

레오는 쳐다보지도 않고 말했다.

"좋네요."

"뭐 보고 있어?"

애니는 튜브 너머로 유심히 살펴보며 물었다. 레오는 아무 말도 하지 않았지만 그녀가 튜브를 소파 위로 옮기면서 봤을 때, 레오는 아기인 자신을 팔에 감싸 안고 있는 엄마 사진을 보고 있었다.

"어머, 레오."

그녀는 그렇게 말을 꺼내긴 했지만 이내 말문이 막혔다. 뭐라고 해야 할지 몰랐기 때문이다. 옛날 사진을 보는 것이 레오에게 도움이 된다면, 자기가 참견할 필요는 없지 않을까?

"내가 없었다면 엄마가 더 행복했을까요?"

그는 손등으로 얼굴을 닦았다. 울었는지 목이 멘 소리였다.

"그러니까, 이모처럼 아이가 전혀 없었다면 말이에요."

애니는 그의 옆에 털썩 주저앉아 몇 분 동안 아무 말 없이 그를 감싸 안았다. 그가 말을 끝내기도 전에 눈물이 흐르는 바람에 그녀 스스로도 놀랐다.

'아, 언니! 무슨 말을 해야 할지 알려줘.'

그러나 언니 수잔은 이곳에 없다. 자기 스스로 해결해야 한다. 애니는 조카를 꼭 안아주고 정수리에 입맞춤했다.

"그게 무슨 소리니. 너는 엄마의 전부였어. 네가 없었다면 네 엄마는 바로 무너졌을 거야."

"그럼 이모는 왜 아이가 없어요?"

그 질문에 조금 놀라서 애니는 레오 옆의 소파 위에 불쑥 솟아 있는 커다란 튜브만 바라봤다.

"그건 말이야…… 아직 내가 좋은 짝을 못 만났기 때문이겠지. 아이를 만들려면 두 사람이 있어야 한다는 건 너도 알지? 그러니까 아이를 갖기 위한 때가 있다는 거야. 난 아직 그 때를 만나지 못했고."

애니는 잠깐 생각하느라 말을 멈추더니 이내 덧붙였다.

"어쩌면 그 때가 영영 안 올지도 모르지."

레오는 코를 훌쩍이며 고개를 끄덕이며 말했다.

"안타깝네요."

"처량한 거지."

레오는 평온을 되찾은 듯했다. 애니는 레오의 머리를 헝클어뜨린 후 뒤로 기대 앉아 그를 놓아주었다.

"괜찮아졌니?"

레오가 그렇다고 하자 애니는 앨범에서 꺼낸 사진들을 정리했다.

"사진 정리하는 것 좀 도와줘. 아니면 더 보고 싶어?"

"괜찮아요, 이모. 다 봤어요."

그는 사진들을 원래 있던 페이지에 조심스레 넣었다. 잠시 후 그는 소파 위에 있는 튜브를 바라보며 물었다.

"저 바나나 튜브는 뭐예요? 제가 과일 안 좋아하는 거 아시잖아요."

"말했잖아. 옆집 늑대 거인이 준 선물이라고. 바닷가에서 갖고 놀 수 있는 거래."

애니는 옆머리를 귀 뒤로 넘겼다. 레오가 그녀를 바라보았다.

"꼭 그걸 써야 하는 건 아니야."

"뭐라고요? 그 무례한 옆집 아저씨가 선물로 줬다고요?"

그녀가 고개를 끄덕이자 그는 웃음을 터트렸다.

"대박! 꿍꿍이가 있는 거예요."

"뭐라고?"

걱정스러운 듯 가브리엘을 떠올리며, 레오는 아무 말 없이 눈에 힘을 주었다. 그러고는 앨범을 집어 들고 자기 방으로 빠르게 걸어갔다. 애니는 그 자리에 우두커니 앉아 커다란 바나나를 의심스러운 듯 바라보았다.

5

"그다음에 이걸 누르고 이렇게 가격을 입력해."

클라우디아는 짜증을 가까스로 숨기며 터치스크린 계산대 사용법을 다시 보여주었다.

"이제 좀 알겠어?"

"그런 것 같아."

클라우디아는 뒤로 물러서서 팔짱을 꼈다.

"자, 그럼 해봐."

애니가 당황하자 클라우디아가 다시 말을 했다.

"자 내가 방금 이 선글라스를 샀다고 쳐. 그리고 코마개도."

"무슨 마개?"

"코마개. 잠수부들이 쓰는 거야."

"그렇구나."

애니는 코마개 하나를 집어 자세히 살펴보았지만 어떻게 사용하는지 상상조차 되지 않았다. 어쩌면 상상하지 않는 편이 더 나을지도 모른다.

"그리고 선글라스."

그녀는 회전 진열장에서 비싼 선글라스를 꺼내 들었다.

"좋아, 이제 가격을 입력하고 다음에 여기를 누르고……."

계산기에서 고음의 '삑' 소리가 나자 어쩔 줄 몰라 계산기를 쳐다보니, 스크린에 오류 메시지가 떠 있었다.

"젠장."

건너편에서 제이미가 애니의 실망한 표정을 보고 웃었다. 그는 잠수복을 선반에 크기별로 정리하고 있었다. 그녀는 사람들이 예상보다 훨씬 잠수복을 보는 것을 좋아하고 또 그만큼 잠수복을 많이 어질러놓는다는 사실을 경험했다.

"저는 이 주 동안 몇 분 간격으로 클라우디아를 불러댔어요. 저괴물 같은 터치스크린이 제대로 작동할 때까지요. 이제 좀 알겠다 싶었을 때는 클라우디아가 저를 자르려고 벼르고 있던 참이었죠."

"옛날 현금 등록기에 비하면 사용하기 쉬운 거야."

클라우디아가 둘에게 설명했다.

"그건 제조업자들이 그렇다고 믿게 한 거예요."

제이미의 말에 클라우디아가 노려보자, 그는 서둘러 잠수복 정리를 하기 시작했다.

"아닙니다, 사장님."

"맞아, 사장은 나야."

클라우디아는 냉정하게 말했지만, 아직은 애니를 자를 생각은 없는 것 같았다.

"자, 내가 다시 보여줄게. 이번에는 더 주의 깊게 보도록 해."

"알았어. 잘 참아줘서 고마워. 그리고 미안해."

"괜찮아."

애니는 이번에는 정말 집중해서 보았다. 순서가 뒤죽박죽되지 않도록 애썼지만 예상 밖의 상황이 벌어지면 여전히 도움을 청해야 했다. 하지만 이런 상황을 사장에게는 아직 말하지 않는 게 좋을 것 같았다. 한 번에 하나씩 해나가면 될 것이다.

클라우디아가 미소 지었다.

"훨씬 나아졌네."

한 여자 손님이 계산대로 다가와서 도움을 청했다. 십 대 아들을 위한 보디 보드 사이즈를 봐달라는 것이었다. 애니는 손님을 빤히 바라보았다.

"같이 보실까요?"

클라우디아가 활기차게 말하며 여자 손님을 안내했다.

"보디 보드는 이쪽에 있습니다. 아드님에게 적합한 사이즈를 찾으실 수 있을 거예요, 손님. 애니, 계산대 좀 부탁해."

홀로 남겨진 애니는 공포스러운 터치스크린 계산대를 뚫어져라 바라봤다. 그때 화면이 다시 밝아졌다. 서툴게 코마개 가격을 입력하려 했던 자신에게 복수하려는 것 같았다.

"곤란할 때면 저한테 물어보세요."

제이미가 낮은 소리로 말했다. 그녀는 계산대에 기대어 고무 잠수복에 둘러싸인 제이미를 보았다. 반바지가 너무 꽉 끼는 것 같다. 특히 엉덩이 부분이.

'그러니까 딱 붙는 게 아니고 뭐랄까……. 아니, 대체 무슨 말을 하고 싶었던 거지?'

"그래, 팽팽하다고."

그녀가 작은 소리로 중얼거렸다. 그는 잠수복 진열 선반 아래서 가쁜 숨을 내쉬며 허리를 폈다.

"방금 뭐라고 했어요?"

"그냥 가브리엘이랑 몇 살 차이 나는지 물어본 거였어요. 형이 나이가 한참 많아 보여서요."

그녀는 황급히 둘러대고는 코마개를 진열 상자에서 하나 꺼내 살펴보는 척했다.

"실제로 나이 차이가 많이 나니까요. 저는 이제 스물두 살이고, 형은 올여름에 스물아홉 살이 돼요."

"가브리엘이 겨우 스물여덟 살이라고요? 적어도 서른은 넘었을 거라고 생각했는데요."

"형은 항상 나이보다 성숙해 보였어요."

"그럴 것 같아요."

애니는 코마개를 자기 코에 끼워 넣으며 말했다.

"분위기는 완전 아재였는데."

제이미는 콧방귀를 뀌었다.

"형한테 그대로 말해줄게요."

"제발 그래주세요."

"형이 안 무섭나요? 다들 무서워하던데."

"그 아재가 무섭다고요? 전혀요."

애니는 대수롭지 않게 말했다. 하지만 실은 가브리엘이 짜증나기도 하지만 흥미로운 사람이라고 생각하고 있었다. 제이미는 이상하다는 듯 그녀를 바라보며 물었다.

"혹시 가격표 찍는 기계 어디에 있는지 알아요?"

그녀는 주위를 살피다가 계산대 밑으로 손을 뻗었다.

"여기요."

"고마워요. 새로 나온 거푸집의 가격을 다시 매겨야 하거든요. 지난주에 다 했는데 점을 찍는 걸 깜박했지 뭐예요. 그래서 저것들 모두 한 개 가격이 199파운드가 된 거죠. 클라우디아는 가격이 좀 높다고 생각했나 봐요. 하지만 플라스틱으로 된 모래집에다

신제품이니까……. 그 정도는 괜찮은 가격이지 않아요?"

"그렇죠."

가격표 찍는 기계를 건네받은 제이미는 웃으며 물었다.

"그래서 당신은 우리 형에게 관심 있나요?"

"가브리엘에게 관심이 있냐고요? 말도 안 돼. 어떻게 그런 생각을 해요?"

"지난번에 형 가게에 둘이 같이 있어서……. 아, 신경 쓰지 마세요. 제가 잘못 생각한 것 같아요."

제이미는 어깨를 으쓱하고는 이내 고개를 저었다. 클라우디아는 여전히 그 여자 손님과 아들을 상대하고 있었다. 짧은 검은 머리를 고슴도치마냥 젤로 세운 손님의 아들은 이제는 아예 보디보드에 누워 노 젓는 시늉을 하고 있었다. 제이미에게 가까이 기대 있던 애니는 갑자기 자기도 모르게 물었다.

"그런데 당신 형은 왜 그렇게……"

"무섭냐고요?"

"아니, 왜 그렇게 불행해 보일까요?"

제이미는 빤히 쳐다보더니 놀랍다는 듯 눈썹을 치켜올렸다.

"와. 저도 지금까지 사람들이 형에 대해서 이런저런 말을 하는 건 많이 들어왔는데요. 물론 대부분 나쁜 말이긴 하지만, 그중에서도 불행해 보인다는 말은 처음이네요."

"내가 잘못 봤나 봐요."

제이미는 고개를 가로저었다.

"아니에요. 정확하게 봤어요."

"그럼 왜 그렇게 보이는 거죠?"

"이 이야기를 해도 되나……."

말하기를 주저하던 제이미는 얼굴을 찌푸렸다.

"에잇! 딱히 비밀도 아니니까 괜찮겠지. 형은 한 번 결혼했었어요. 제가 꼬마였을 때요. 제 기억으로 형이랑 형수도 아직 열아홉, 스물밖에 되지 않았을 거예요. 형 부부는 신혼여행 후에 함께 가게를 열기로 했나 봐요. 빅토리아 형수는 사업가 기질이 있어서 자기 아버지를 설득해 가게를 열 돈을 빌렸어요."

그는 애니를 침울하게 바라보았다.

"형은 자기가 저주받았다고 생각할지 모르지만 사실 그건 누구에게나 일어날 수 있는 일이었어요."

애니는 뭔가 끔찍한 생각이 떠올라 잠시 숨을 멈췄다.

"뭐가 잘못된 거죠? 돈을 다 날렸나요?"

제이미가 한숨을 쉬었다.

"더 심했죠. 빅토리아 형수를 잃었어요."

"그녀가 떠났나요?"

"말하자면 그렇죠. 형수는 여름이면 일을 시작하기 전 아침에

한 시간 정도 서핑을 했어요. 거친 파도를 좋아했고요. 빅토리아 형수는 그런 여자였어요. 그렇게밖에 설명을 못 하겠어요."

그는 어깨 너머로 클라우디아를 힐끗 봤다. 이제 그녀도 바닥에 누워 노를 젓는 시늉을 하고 있었다. 소년에게 어떻게 해야 하는지 직접 보여주려고 했겠지만 소년은 감명은커녕 오히려 당황스러운 기색이었다.

"어느 날, 형수는 혼자 서핑을 갔다가 돌아오지 않았어요."

"바다에 빠져 죽은 건가요?"

"끔찍했어요. 며칠 후 시신이 해안가에서 발견됐어요. 해안 경비대가 그러는데 형수는 해류에 휩쓸려 파도 밑으로 끌려들어 갔다가 바다로 쓸려 나왔다고 해요. 경험 많은 서퍼들도 그런 해류에 당할 수 있대요. 여름에도 아주 위협적이라고 하더라고요. 형수의 죽음은 누구의 책임도 아니었어요. 하지만 형은 너무 충격을 받아 무너졌어요."

그는 잠시 멈췄다가 다시 말을 이었다.

"결혼한 지 6개월이 되었을 때 일어난 일이었어요."

애니는 아무 말도 할 수 없었다. 가브리엘이 그 끔찍한 사건 후에 우울해졌다는 것은 쉽게 알 수 있었다. 제이미는 살짝 미간을 찌푸리며 그녀를 바라보았다.

"제가 말했다고 형한테 말하면 안 돼요. 형수 이야기 꺼내는 거

싫어하거든요."

"아무 말도 안 할게요. 걱정 말아요."

그녀는 뒤늦게 대화 내내 고무 코마개를 꽂고 있었다는 것을 깨닫고는 잽싸게 잡아 뺐다.

"아야!"

제이미는 그 모습에 움찔하고 놀랐다.

"그거 살살 다뤄야 해요."

"빨리도 얘기해주네요. 젠장!"

애니는 콧구멍을 문질렀다. 제이미는 가격표 찍는 기계를 만지작거리며 말했다.

"어쨌든, 형이 때때로 침울한 건 그 때문이에요. 그래도 기분이 좋을 때는 재미있는 사람이에요."

"얼마나 자주 기분이 좋을까요?"

제이미가 씩 웃으며 말했다.

"크리스마스 때 정도?"

"지금 6월인데요."

"다음번에 가게 갈 때 산타 모자 써봐요. 그러면 지금이 크리스마스라고 생각할지도 모르잖아요."

"그래서 구조대원이 된 거예요, 제이미? 빅토리아 일 때문에?"

"그럴지도 모르죠. 심각하게 생각해본 적은 없지만요."

잠시 후, 땀에 흠뻑 젖은 채 화가 난 듯한 모습의 클라우디아가 계산대로 돌아왔다. 결국 그 손님들은 보디 보드를 사지도 않고 가게만 엉망으로 해놓고 가 버렸다.

"망할 아줌마! '생각 좀 해보고요'라고 하더니만 아들을 데리고 옆 가게로 가버렸어. 가브리엘네 가게는 지금 보드 원 플러스 원 행사 중이거든. 항상 우리 집보다 조금 낮은 가격에 판단 말이야. 그 못된 놈이 우리 영업을 방해하고 있어!"

클라우디아는 제이미 손에 들린 가격표 찍는 기계를 봤다.

"제이미, 저 거푸집 가격 아직도 조정 안 했어?"

"하고 있어요, 사장님."

그는 애니에게 윙크를 하고는 가게를 가로질러 사라졌다. 클라우디아는 헝클어진 머리를 다시 묶었다.

"무슨 이야기를 하고 있었던 거야? 아까 보니 너희 둘이 음모라도 꾸미는 것처럼 진지하게 이야기하던데?"

"음…… 음모라니?"

애니는 당혹감을 감추려 코마개 상자를 더듬었다. 그 상자를 계산대 맞은편으로 옮기려 했는데 계산대에 부딪쳐 내용물이 바닥에 쏟아지고 말았다.

"이런. 미안, 미안."

그녀는 무릎을 굽혀 코마개를 주워 담기 시작했다. 클라우디아는 우스운 표정으로 그녀를 쏘아보고는 함께 사방으로 흩어진 코마개를 주웠다.

"내 험담은 아니었겠지?"

"당연히 아니지."

클라우디아는 의심스럽다는 표정을 지었지만 더 이상 묻지 않았다. 그러고는 코마개를 흔들며 말했다.

"그나저나, 이거 껴보려는 생각도 하지 마. 게 같거든. 정말 따가울 거야."

"그래?"

"그래서 나는 잠수할 때 그냥 코를 잡고 해."

애니는 쓴웃음을 지으며 한 손 가득 코마개를 쥐어 상자에 담았다.

"나도 잠수를 해봐야겠어."

"좋은 생각이야. 제이미가 같이 갈 거야."

"뭐라고?"

"서핑 하러 간다며?"

무릎의 먼지를 털며 일어나는 클라우디아는 애니의 혼란스러운 마음을 모르는 듯했다. 해변에 있는 대부분의 사람들처럼 짧은 분홍색 반바지에 허리 위까지만 오는 상의를 입고 있는 클라우디아의 모습에는 아직 적응하지 못했다. 애니에게는 아직 청바지에 조끼가 더 편했다.

"제이미가 강사잖아."

"맞다. 그렇지."

"내 말을 어떻게 생각한 거야?"

클라우디아는 볼이 빨개진 애니를 보다가 플라스틱 모래 거푸집 선반 밑에 몸을 숙이고 있는 제이미를 보았다. 꽉 끼는 짧은 반바지 밑으로 그의 팽팽한 엉덩이 라인이 드러났다. 클라우디아는 다 안다는 표정을 지었다.

"아……."

"아니야, 정말. 네가 무슨 생각을 하는지 알겠는데, 틀렸어."

"그래도 한번 해봐. 정말로."

"맹세코 아니야. 연애에 관심 없다고 했잖아."

그녀는 여전히 바닥에 무릎을 꿇은 채 씩씩거렸다.

"제이미. 애니가 서핑 배우고 싶대. 이번 주 오후에 같이 가서 가르쳐줄 수 있어? 네 솜씨 좀 뽐내봐. 수요일 어때? 보통 그때가 한가하잖아."

클라우디아가 소리칠 때 애니는 창피해서 죽을 지경이었다. 제이미는 허리를 펴고 일어나 둘에게 미소 지으며 말했다.

"물론이죠."

"고마워요!"

애니는 바닥에서 일어나며 쥐어짜듯 말했다. 그녀는 그가 다시 몸을 숙일 때까지 기다리다가 당황해서 이마를 벽에 찧고 말았다.

"클라우디아, 정말로 너 어떻게 된 거 아냐?"

"감사의 말은 필요 없어. 친구 좋다는 게 뭐겠니?"

"날 죽일 셈이야?"

친구가 마음대로 정하는 바람에 조금 마음이 상했지만 전화 소리에 마음을 가다듬었다.

"폴젤 서핑 숍입니다. 무엇을 도와드릴까요?"

애니는 친절하게 응대한 후 클라우디아에게 수화기를 건넸다.

"너를 찾네. 수영복 배송 지연 문제라는데."

"드디어!"

클라우디아는 전화기를 거의 낚아채듯 가져갔다.

"여보세요? 도대체 남성용 비키니는 어디에 있는 거예요?"

애니는 몇 분 후 서둘러 휴식을 취했다. 위층으로 뛰어 올라가 냉장고에 저녁으로 먹을 것이 있는지 확인했다. 따뜻한 차 한잔이 절실했다. 시간이 허락되면 빵도 먹어야 할 것 같았다. 레오는 지난주부터 학교에 가기 시작했다. 그녀는 여전히 홀로 보내는 낮 시간이 낯설었다. 적막한 거실에서 조금 전의 당혹스러웠던 일이 생각났다.

"서핑이라고?"

그녀는 소파에 몸을 던지고 술이 달린 쿠션을 얼굴에 대고는 신음 소리를 냈다. 클라우디아는 학창 시절부터 사람들을 엮어주는 것을 좋아했다. 이번에는 자기를 제이미와 연결하려 하고 있다. 물론 그는 잘생겼지만 너무 어렸다. 게다가 그도 그다지 관심이 있는 것 같지 않다.

그런데 그런 제이미와 함께 서핑이라니. 거절하면 무례해 보일 것이다. 그리고 클라우디아는 자기에게 남자 친구가 필요하다는 암시를 끊임없이 줄 텐데…….

"짜증나. 런던은 왜 떠나가지고."

반찬 통을 가지고 오는 레오는 예전보다 훨씬 힘차고 밝은 모습이었다. 집으로 올라가기 전에 가게를 들러서는 말했다.

"오늘 학교에서 요리했어요."

레오는 자신을 바라보고 있는 클라우디아에게 말했다.

"정통 코니쉬 패스티(반달 모양에 고기와 야채가 든 콘월 지역의 파이 - 역자 주)를 만들었어요."

애니는 그가 학교에 잘 적응하는 것 같아 기뻤지만 한편으로 자신의 걱정을 감추고 싶었다.

"그래? 한번 보여줘."

그녀는 레오가 뚜껑을 열자 냄새를 맡았다. 어제저녁, 레오가 쭈뼛쭈뼛하며 건넨 가정과학 시간에 필요한 준비물 목록을 보고 마을 상점들을 급히 돌아다녔다. 레오는 말하는 것을 깜빡했다고 했다. 하루 종일 서 있어서 피곤했지만 애니는 싫은 소리도 참고 저세상에 있는 언니에게 속으로 말했다. 아이를 키우는 일이 이렇게 응급 상황과 급박하게 해결해야 하는 문제들의 연속이라는 것을 알았다면 좋았을 텐데. 아니다. 아이를 키운다는 것이 어떤 것인지 모르는 게 낫다. 그렇지 않으면 누구도 하려고 하지 않을 테니까!

레오는 고기와 감자가 사이사이로 삐져나온 눅눅한 패스티를 자랑스럽게 보여줬다.

"어때요?"

"멋지다!"

거짓말이었다. 클라우디아는 그릇을 들여다보고는 재빨리 애니를 봤다. 그러고는 격려하듯이 덧붙였다.

"냄새 죽이는데! 저녁으로 먹기 딱이네."

"같이 먹어요. 제임스 선생님이 구운 콩을 더 넣어서 데우면 두 사람은 충분히 먹을 수 있다고 하셨어요."

"콩 좋지. 고마워, 레오. 같이 먹으면 되겠다. 으깬 감자도 더 만들어야겠다."

애니가 맞장구치며 웃었다.

"하지만 오늘 저녁은 햄 샐러드라고 했잖아요."

"무슨, 직접 만든 패스티가 있는데 샐러드가 왜 필요해? 올라가서 냉장고에 넣어둬. 내가 일 끝나고 준비할게."

얼굴이 밝아진 레오는 뚜껑을 덮어 배낭에 다시 넣었다.

"고마워요, 엄마."

반사적으로 튀어나온 말에 레오가 얼어붙었다.

'젠장.'

"죄…… 죄송해요, 애니 이모. 나중에 봐요."

레오는 빨개진 얼굴로 말을 더듬었다. 그러고는 계단을 쏜살같이 뛰어 올라갔다. 그 바람에 선글라스 진열대가 넘어질 뻔했다. 위층의 문이 세게 닫히자 애니는 두 손에 얼굴을 파묻었다.

"젠장. 간만에 레오의 기분이 좋은 날이었는데."

클라우디아는 그녀의 어깨를 감싸 안으며 위로했다.

"불쌍하기도 해라. 충격 받은 것 같았어. 전에도 이런 적 있었어? 실수로 너한테 엄마라고 하는 거."

"레오가 엄마라고 부르고 싶으면 그렇게 불러도 나는 상관없어. 호칭이 정해져 있는 것도 아니고 말이야. 엄밀히 따지자면 나는 엄마가 아니고 이모긴 한데, 그래도 그게 더 편하다면……."

"레오가 편해 보이지는 않았어."

"그렇지."

애니는 한숨을 쉬며 말했다.

"레오에게 있어 변화가 성급했던 걸까? 얘기를 좀 해봐야겠어. 나는 절대 언니를 대신할 수 없어. 그러고 싶지도 않고. 레오의 엄마는 언니니까."

"나라면 조금 더 기다렸다가 얘기하겠어."

클라우디아가 조심스레 제안했다. 애니도 동의하고는 다시 일에 집중하면서 심란한 문제는 잠시 묻어두기로 했다. 하지만 레오는 아직 '엄마'라는 말이 입에 배어 있었다. 그래서 자기도 모르게 그 말이 튀어나온 것이다. 이 실수로 레오는 균형을 잃은 것 같았다. 애니는 결코 언니의 대용이 되고 싶지 않았다. 그것은 언니를 기리는 옳은 방법도 아니고, 무엇보다도 레오가 엄마라고 불렀을 때 바로 죄책감이 들었다. 한번 짚고 넘어가야 할 문제였다. 그것도 훨씬 전에.

하지만 클라우디아의 말이 맞을지도 모른다. 레오는 아직도 당황스러울 텐데, 오늘 밤 이 이야기를 꺼내면 상처가 더 깊어질지도 모른다. 학교에서 친구도 사귀고 이곳이 익숙해질 때까지 조금 더 기다리는 게 나을 수도 있다. 감정적일 수 있는 이 문제에 대해 때가 되면 마음을 열고 대할 수도 있을 것이다.

이 결정이 잘한 것이었으면 좋겠다고 애니는 생각했다. 부모가 된다는 것은 딜레마의 연속인 것 같았다. 이해관계가 상충하는 문제에 너무 자주 직면했다. 그리고 어느 방향으로 가야 하는지 알려주는 이정표 따위는 없었다.

"네 언니가 재혼하지 않은 게 유감이야."

클라우디아가 나중에 덧붙였다. 마감 시간이 되자 그녀는 가게 문을 닫고, 쩽그랑거리는 열쇠를 가지고 출입구를 점검했다.

"물론 나는 수잔 언니의 결정을 전적으로 존중해. 남편을 잃고 혼자서 아이를 키운다는 거 정말 쉽지 않았을 거야. 하지만 지금 너는 그런 사람이 필요하잖아?"

"뭐라고? 내가 뭐가 필요하단 거야?"

클라우디아는 버튼을 누른 후 앞쪽 창문 위로 자동 셔터가 내려오는 것을 보았다.

"네 인생의 남자. 레오의 아버지 같은 존재가 돼줄 남자 말이야."

황당함에 금붕어처럼 입을 벙긋하며, 애니는 손을 흔들며 옆문을 통해 주차장으로 사라지는 클라우디아를 노려보았다.

'인생의 남자라고? 나에게 그런 사람이 필요하다는 건가? 그래서 클라우디아가 그렇게 나와 제이미를 연결하려고 했던 건가?'

레오를 키우는 데 남자는 필요 없다고 단호하게 생각했다. 그녀는 가게 불을 끈 후 눅눅한 패스티가 있는, 당혹스러울 정도로 적막한 이 층으로 힘차게 올라갔다.

6

"어…… 어떻게 하라고요?"

제이미는 팔짱을 끼고 침착하게 애니를 보고 있었다.

"보드에 엎드린 다음 팔로 노 젓는 시늉을 해봐요."

오늘 그는 정말 섹시했다. 이런 생각을 하지 않을 수가 없었다. 검게 그을린 탄탄한 종아리가 그대로 보이는 중간 길이의 빨간 반바지에 그 위로는 팔 근육이 드러나는 빨갛고 노란 구조대 조끼를 입었다. 바다에서 불어오는 바람에 살짝 뒤로 젖혀진 머리와 튀어나온 턱의 조화는 신도 감탄할 만한 외모를 만들어냈다. 클라우디아가 계속해서 제이미를 미래의 남자 친구라고 부추기는 것에 분명 감사해야 했다. 가끔은 들으라고 일부러 말하기도 한다. 사실, 그는 절대 별 볼 일 없는 남자가 아니다. 이참에 남자를 다시 만나봐도 괜찮을지 모른다.

하지만 애니는 그와 함께 로맨틱한 분위기를 상상하는 것이 아직 어색하고 긴장됐다. '신이 빚은 외모의 남자를 만나서' 떨리는 것이 아니라 안 좋은 느낌의 떨림이었다. 뭔가 잘못하고 있다는 경고 같은 떨림.

"하지만……."

그녀는 주변에 끝없이 펼쳐진 모래사장을 바라봤다. 수영하는 사람들과 텀벙거리는 어린 아이들로 북적거렸다.

"무슨 말인지 알겠는데요, 제이미. 그런데 여긴 바다라고 할 수 없지 않아요?"

그는 너그러운 미소를 지었다.

"보드 고를 때 말했잖아요. 초보자는 마른 땅에서 연습하는 게 더 좋다고."

"하나도 안 건조한데요."

"그럼 축축한 곳이라고 할게요. 어서요, 애니. 엎드려요. 보드에 적응해야죠. 몸 아래 부드러운 촉감을 느껴봐요."

'억.'

어떻게 피할 도리가 없어서 할 수 없이 그녀는 무릎을 굽혔다. 바다도 아닌 곳에서 서핑 보드 위에 엎드리는 것이 바보 같았다. 하지만 초보자들이 처음에는 다 이렇게 배운다고 하는 그의 말을 믿을 수밖에 없었다.

"이제 어떻게 해요?"

"엎드려요. 그리고 팔 동작을 해봐요."

그녀는 보드 위에 엎드려 팔을 움직였다. 허리케인에 돌아가는 풍차마냥.

"천천히 그리고 일정하게."

이번에는 팔을 조금 천천히 움직였다. 오른쪽 뺨은 보드에 붙어 있었다.

"이제 보드 양쪽으로 다리를 벌리고 바로 앉아요."

그녀는 경악해서 그를 쳐다보며 그 말을 반복했다. 모래 때문에 볼이 간지러웠다.

"보드에 다리를 벌리고 앉으라고요?"

제이미는 고개를 끄덕이고 기다렸다.

'아, 망할.'

"잠수복을 입고서 해야 하는 거 아니에요? 이 비키니 수영복은 운동에는 적합하지 않은 것 같은데요."

"그래서 잠수복 입으라고 말했잖아요."

"그렇긴 한데…… 사실 너무 작아서 입을 수 없었어요. 피부가 쓸리더라구요."

제이미는 애니의 말에 웃긴 했지만 그래도 꿋꿋이 포기하지 않았다.

"다리 벌리고 앉아요."

"못 하겠어요."

"아무도 안 봐요."

"저기요, 제이미. 당신이 보고 있잖아요!"

"어서요. 요리조리 피하지 말고 보드 양쪽으로 다리를 뻗고 앉아요."

'피할 수 있으면 피하고 싶다고요.'

애니는 침울해졌다. 노출이 심한 비키니를 입고 공공장소에서 물기 없는 서핑 보드에 다리를 벌리고 앉는 것은 조금 품위가 떨어지는 것 같았다. 수영복의 한 부분이라도 올라가거나 터진다면……? 생각만 해도 끔찍하다. 설마 이게 제이미의 노림수일까? 이렇게 노골적인 방법으로 자기 몸매를 감상하려는 것일까?

'미치겠네.'

거절의 말이 혀끝에서 맴돌았다. 하지만 모래사장을 둘러보니 저 멀리 가게 뒤쪽에서 이곳을 지켜보고 있는 클라우디아가 어슴푸레 보였다. 만약 지금 못하겠다고 하면 눈치 없이 분위기를 깬다고 욕할 것이다. 더 최악은 제이미가 자기를 아줌마처럼 대할지도 모른다는 것이다. 그래도 그의 말을 그대로 따르자니 여전히 자존심이 상했다. 어쨌든 아무리 잘생겨도 그와의 나이 차이가 다섯 살이나 나는 것은 사실이니까.

혼자 끙끙거리며 애니는 자세를 고쳐 잡고 보드 양옆으로 다리를 벌려 앉았다. 투덜거리며 맨다리를 널따란 서핑 보드 양쪽으로 뻗으려고 애썼다.

"정말 이렇게까지 해야 해요?"

"음, 그런 건 아니에요."

제이미의 말에 그녀는 젖은 모래를 한 손 가득 그를 향해 던졌다. 그는 몸을 수그려 피하며 말했다.

"하지만 정말 좋은 구경거리였어요."

"제이미…… 어떻게 이런 짓을!"

희롱하는 듯한 목소리가 뒤에서 들려왔다.

"엉덩이는 예쁜데, 얼굴은 어떠실까?"

무례한 말에 화가 나서 그녀는 반쯤 일어나 올빼미처럼 목을 돌렸다. 크고 복잡해 보이는 카메라를 목에 맨 젊은 남자가 그녀를 향해 활짝 웃고 있었다. 그러고는 올라간 그녀의 엉덩이 사진을 몇 컷 찍었다.

"지역 신문에 내려고요."

애니가 화를 내자 남자는 설명했다. 그러고는 카메라 상단 손잡이를 비틀었다. 그는 이내 다른 곳에 정신이 팔린 듯했다.

그 옆에는 라디오 방송국에서 일하는 금발의 사라가 서 있었다. 그녀가 신문사에서도 일한다는 사실이 생각났다. 콘월에서는 여러 직업을 가져야 한다고 했던 클라우디아의 말도 생각났다.

'팔방미인 나셨네.'

샌들에 깊게 파인 흰색 브이넥 드레스를 입은 사라가 그녀를 보며 사랑스럽게 웃고 있었다.

"물론, 본인 허락을 받아야 해요."

사라는 이렇게 덧붙이고는 두 팔로 제이미의 목을 감싸 안고 소리 나게 볼 키스를 했다.

"자기야!"

사라는 거슬리는 목소리로 말을 이었다.

"구조대 옷 입으니까 완전 섹시하다. 반바지 입은 카사노바 같아. 자기한테 강습 받으려는 여자애들이 별로 없다는 게 믿기지 않는다니까. 아직 방학이 아니라서 그런가?"

카메라맨은 아직도 큰 손잡이를 만지고 있었다. 애니는 남자가 자기의 엉덩이 사진을 더 찍기 전에 서둘러 몸을 피해 몸 구석구석에 꿉꿉하게 묻어 있던 모래를 털어냈다.

사라는 애니에게 손을 흔들고는 바로 제이미에게 몸을 돌렸다.

"자기, 인터뷰 생각 좀 해봤어?"

"안 하는 게 나을 거 같아요."

제이미는 찰거머리 같이 붙은 사라의 팔에서 빠져나오려 애쓰며 대답했다.

"왜 이래. 자기 끝내줄 거야. 벌써 헤드라인도 뽑았어. '해상구조대의 모든 것을 말하다.' 현장 사진도 몇 장 같이 넣고."

사라는 욕망 가득한 손을 그의 가슴에 대며 애니를 곁눈질 했다.

"자기야, 생각해보겠다고 약속해. 광고도 될 거야. 지역 유명 인사가 되면 더 좋은 고객을 만날 수 있을 거야."

"생각해볼게요."

그는 여전히 불편해하는 것 같았지만 한편으로는 그녀를 매력적으로 생각하고 있다는 것을 알 수 있었다.

"살 빠졌어?"

손을 가슴에서 배로 쓸어내리며 사라가 갑자기 물었다. 다행히 그녀는 반바지의 아찔한 곳에서 손을 멈췄다.

"제대로 챙겨 먹고 있긴 한 거야?"

"잘 먹고 있어요."

"거짓말 마. 그 형이 자기를 챙겨줄 리가 없어."

사라는 가방 안쪽을 뒤적이다 갈색 종이봉투를 꺼냈다.

"걱정하지 마. 내가 자기 주려고 패스티 만들어왔어."

그녀는 봉투를 열어 패스티를 보여주며 말했다.

"자기 이니셜인 'J'도 새겨 넣었어. 어서 먹어봐."

"근무 중에는 음식 먹는 것 금지예요."

그녀가 한쪽으로 쏠린 패스티를 조금 떼어 건네자 그는 어색하게 말하며 사양했다.

"정말로 이건 받을 수 없어요."

"하지만 이건 내 손으로 직접 반죽하고 구운 패스티라고!"

그녀는 마치 자기 손을 사용한 것이 대단한 요리 비법이라도 되는 양 소리치며 패스티를 다시 그에게 권했다. 애니는 사라가 패스티를 만드는 모습을 떠올려보려 했지만 상상조차 되지 않았다.

"안 돼. 이건 먹어야 해. 자기 상사도 가끔 휴식 시간에 간식 먹는 것까지 반대하는 건 아닐 거야. 자기는 해상구조대니까 체력을 보강해야 하잖아."

"아니, 정말로……"

"자기. 이건 무조건 받아야 해. 거절은 용납할 수 없어."

"하지만……"

사라의 목소리가 신경질적으로 변했다.

"수제라고! 수제!"

애니는 사라, 제이미, 패스티 사이에 오가는 실랑이에 크게 웃고 싶었지만 그럴 수 없었다. 몇 번의 실랑이 후, 제이미는 포기하고 이제는 거의 으스러진 패스티를 가슴에 품고 옅은 미소를 지었다.

"고…… 고마워요, 사라."

그녀는 바람에 날린 머리를 다시 단정히 매만졌다.

"나…… 나도 고마워, 제이미."

애니는 팔짱을 껴서 가슴을 가렸다. 쭉쭉 빵빵 금발의 이 여인 때문에 주눅이 든 것은 절대 아니다. 뽕을 넣었을지도 모르는 일이니까. 애니는 젊은 카메라맨을 정면으로 쳐다보며 물었다.

"정말로 신문에 사진을 실을 생각은 아니죠?"

"오늘 마감이 어떠냐에 따라 다르죠."

카메라맨은 눈을 찡긋하며 말했다. 그러고는 애니가 뭐라고 하기도 전에 놀란 표정을 찍었다. 그의 콘월 억양은 부드러우면서 느끼했다.

"그런 찌푸린 표정은 어울리지 않아요, 예쁜 아가씨. 우리 신문의 독자들을 위해 환하게 웃어주세요."

당장 꺼지라는 말이 목까지 치밀었다. 하지만 그 말도 곧바로 농담으로 받아치겠지.

"그럼 이만!"

사라는 발랄하게 인사하며 격정적으로 손 키스를 날리고는 젊은 카메라맨을 데리고 유유히 사라졌다. 어색한 침묵 속에 애니를 바라보는 제이미의 뺨은 분홍빛이었다. 그는 서핑 보드를 내려다보았다.

"어디까지 했죠?"

"첫 수업부터 물속에 들어갈 수는 없다고 말하던 참이었어요."

그녀는 그 점에 여전히 불만을 토로하며 말했다.

"기초를 마스터하기 전까지는 안 돼요."

수심이 얕은 해변가에서는 사람들이 뛰어다니고 첨벙거리며 즐거운 시간을 보내고 있었다. 제이미는 해변과 사람들을 살펴보고는 말을 이었다.

"오늘은 생각보다 바람이 세진 않네요. 십오 분 정도는 물속에서 해봐도 될 것 같은데요."

"고마워요. 정말 멋질 거 같아요."

그러고는 아직도 가슴팍에 쥐고 있는 패스티를 가리켰다.

"그런데 우리가 물에 들어가면, 그건 어떻게 해요?"

"바다예요. 물이 아니고."

제이미는 기계처럼 말을 바로잡고는 패스티를 내려다봤다.

"아, 이런. 이걸 잊고 있었네요. 사라는 가끔 좀 맞춰주기 어려울 때가 있어요."

그녀는 눈썹을 모으고는 풍만한 가슴의 금발 여인을 떠올렸다.

"무슨 말인지 알 것 같아요."

"아무래도…… 이걸 먹어야 할 것 같아요."

"지금요?"

"낭비하지 않으면 부족할 것도 없다고 할머니께서 말씀하셨죠. 물속에 들어가 있는 동안 어디에 두겠어요? 배 속밖에 더 있겠냐고요."

"그럼 어서 먹어요. 기다릴게요."

애니는 커다란 서핑 보드를 어색하게 옆구리에 끼워 넣었다. 보드를 들고 있는 것 자체가 어려운 일이었다.

제이미는 얼굴을 조금 일그러뜨리더니 찌그러진 패스티의 한쪽 모서리를 조금 베어 먹기 시작했다. 푹 꺼진 패스티는 맛이 없어 보였다. 그 때문인지 제이미도 그리 식욕이 돋지 않는 것 같았다. 하지만 그는 하얗게 부서지는 파도를 타는 서퍼들을 바라보며 패스티를 계속 먹었다.

"안녕하세요, 무슨 일 있나요?"

뒤쪽에서 단호한 여성의 목소리가 들려왔다.

"여기 숙녀분이 한 시간 수업료를 낸 걸로 아는데요. 왜 아무것도 안하고 바다만 쳐다보고 있는 거죠, 제이미?"

너무 급히 뒤를 돈 탓에 애니는 서핑 보드를 떨어뜨리고 말았다. 그것을 다시 잡으려고 몸을 굽혔다.

앞에 서 있는 여인은 크고 마른 몸매에 요즘 유행하는 연하늘색 반바지와 중간 길이의 상의를 입고 있었다. 맨발이었고 고르게 그을린 갈색 피부는 파란 눈동자와 짧은 금발 머리를 더 돋보이게 했다. 그녀는 제이미를 노려보았고, 그는 그 여인을 마주하기가 무서운 듯 아직도 바다를 바라보고 있었다. 애니는 왠지 모르지만 그를 감싸주고 싶은 생각이 들었다.

'서핑 학원 원장인가?'

"죄송해요. 제 잘못이에요. 연습을 하고 나니 갑자기 피곤해져서요. 그거 있잖아요. 팔로 노 젓는 연습이랑 보드에 엎드리는 거 말이에요. 그래서 음…… 잠시 쉬고 있는 거예요."

애니가 서둘러 말을 했다. 여인은 호기심이 깃든 눈으로 애니를 위아래로 훑었다.

"당신이 새로 이사 온 사람이군요. 저는 엠마라고 해요. 서핑 교실을 운영 중이죠."

"애니라고 해요."

여인은 애니의 손을 꼭 쥐고 뚫어져라 쳐다보았다.

"만나서 반가워요. 제이미에게 강습은 잘 받고 있는 거죠? 아직 안전 수칙은 못 들으셨나 봐요?"

그녀는 대답하기 애매했다. 솔직히 초반에 그가 떠드는 동안 체격 좋고 섹시한 남자들을 보느라 정신이 없었던 것이다.

"안전 수칙이요? 음…… 들은 것 같기도 한데……."

"제이미?"

엠마의 말투가 매서웠다. 그는 완전히 몸을 틀지 못하고 어중간하게 자세를 바꾸기만 했다. 분명 근무 중에 음식을 먹은 일을 들키고 싶지 않은 것이다. 특히 이렇게 엄격한 상사에게는 절대 들키고 싶지 않을 것이다. 그는 목이 막히는 소리를 냈다. 꽉 달라붙는 빨간 반바지 속의 엉덩이가 심하게 움직였다. 제이미가 조그맣게 말했다.

"잠시만요, 엠마."

그러고는 뒤를 돌았다.

애니는 당황해서 그를 쳐다보았다. 패스티는 어디로 간 거지? 그렇게 큰 걸 어찌 이리 빨리 해치울 수 있지?

갈매기가 떨어진 아이스크림을 통째로 한 번에 삼키는 것은 본 적이 있다. 몇 초간 갈매기 목에서 삼각뿔의 콘 형태가 보이는가 했는데 바로 사라졌었다. 하지만 제이미는 갈매기가 아니지 않은가! 게다가 패스티는 무식하게 컸다. 그 커다란 패스티를 그렇게 빨리 먹었다고는 도무지 믿어지지 않았다.

그녀는 수상쩍은 부스러기 자국을 따라갔다. 부스러기 자국은 셔츠에서 반바지로 이어졌다.

'어머 세상에!'

엠마의 눈썹이 가파르게 치켜올라갔다. 부스러기를 본 게 틀림없다.

"근무 중에 뭐 먹은 거죠, 제이미?"

"아닙니다."

"그럼 저건 뭔가요?"

"뭐가요?"

제이미는 자기 몸을 보다가 부스러기를 급하게 털어내고는 덧붙였다.

"모래잖아요."

"모래?"

"노…… 노 젓는 거 시범 보이느라, 보드에 엎드려 있었어요."

엠마는 입술을 굳게 다물고 팔짱을 꼈다.

"알겠어. 그렇단 말이지. 그럼, 계속해요."

"뭘요?"

"시범 말이에요."

"아, 그 부분은 막 끝냈어요. 얕은 물에서 연습하려고 바다로 가려던 중이었어요."

엠마는 그의 말을 끊고 수상쩍은 듯 눈살을 찌푸렸다.

"하지만 애니가 아직 안전 수칙을 듣지 못했다고 하더군요. 그 말은 아직 필수 동작을 다 보여주지 않았다는 말이잖아요."

제이미는 놀라 입이 떡 벌어졌다.

"어…… 아니…… 안전 수칙 정말로 기억 안 나요?"

그는 간절한 눈으로 애니를 보았다. 그녀도 당황스러웠다.

"네? 노 젓기 시범할 때 얘기한 거 말인가요? 아니면 그 전이었나?"

엠마는 얇은 손가락으로 서핑 보드를 가리켰다.

"애니, 강사가 시범 좀 보이게 서핑 보드 좀 내려놔주겠어요?"

엠마는 보드를 내려놓은 것을 확인한 다음 그에게 보드 위에 누우라고 손짓했다.

"어서요. 시간 별로 없습니다. 시범하는 거 확인하고 남쪽 해변에서 진행 중인 단체 수업 확인하러 가야 해요."

당황한 기색이 역력한 제이미는 서핑 보드 앞에 무릎을 꿇고 앉은 다음 조심스레 보드를 따라 누웠다. '윽' 소리를 내며 그는 다리를 뻗었다. 애니는 안쓰러운 표정으로 수제 패스티가 반바지 안에서 납작해졌다가 으깨지는 것을 상상했다.

'팬티는 물론 입었겠지……'

"바다를 향해 노 젓기!"

엠마가 명령했다. '바다를 향해 노 젓기'는 작은 파도를 넘기 위해 해야 하는 동작이었다. 제이미는 여전히 얼굴을 구긴 채, 천천히 마른 땅을 가르며 노를 저었다.

"다음은 다리를 벌려 앉았다 일어서기!"

'일어선다고?'

이렇게까지 진도가 나갔는지 확실하지 않지만 만일 배운 적이 있다면 '올라타기'는 분명 기억이 났을 것이다. 어찌되었든 애니는 제이미가 보드 양옆으로 다리를 벌리고 앉았다가 보드 위에 웅크려 앉기 위해 토끼처럼 뛰어오르는 모습을 지켜보며 기다리고 있었다. 그는 두 팔을 펼치고 무릎은 조금 굽히고 서서히 몸을 일으켰다. 전형적인 서핑 자세였다.

"이렇게 하는 거예요."

제이미는 여전히 얼굴을 찡그린 채로 몸의 힘을 풀었다.

"좋아요. 자, 애니. 진짜 파도를 만나고 싶지 않아요? 아니면 제이미에게 동작을 다시 한 번 보여주라고 할까요?"

한 번 더 시범을 보고 싶은 마음이 간절했지만 그때 고개를 돌린 제이미의 눈과 마주쳤다. 제이미는 고통스러운 표정을 짓고 있었다.

"아니요, 준비됐어요. 빨리 물에 들어가고 싶어요."

엠마는 조금 주저하며 말했다.

"글쎄, 무리는 하지 말아요. 첫 수업에서는 물속에서 보내는 시간이 십오 분을 넘지 않도록 하고 있어요. 우선은 육지에서 완벽하게 동작을 익히는 게 훨씬 좋아요. 바다가 잠잠해 보여도 대서양 파도에 부지불식간에 당할 수 있거든요."

엠마는 잠시 멈추더니 다시 말을 이었다.

"당신이 두 시간 수업료를 냈다면 다른 얘기가 되겠지만요."

"아, 아니에요. 한 시간이에요."

그때 엠마의 휴대폰이 울렸고 그녀는 화면을 힐끗 보았다.

"그럼, 이따가 다시 올게요."

엠마는 그렇게 말하고 서둘러 가며 전화를 받았다. 애니는 터져 나오는 웃음을 참으며 제이미를 보았다.

"미안해요. 너무 웃었어요. 당신이 우습다는 건 아니에요. 다만⋯⋯."

시선은 자연스레 그의 반바지로 쏠렸다. 그곳이 눈에 띄게 불룩했다. 일반적인 그런 이유로 부풀어 오른 것은 아닌 게 분명했다.

"패스티는⋯⋯ 아직 거기 있는 거죠?"

검게 그을린 그의 얼굴이 창백해졌다.

"네."

"어머, 너무한다. 노 젓기와 다리 벌리고 앉기를 했으니 조금 찌부러졌겠네요."

"아, 예. 조금."

애니는 굽이치는 파도를 갈망하듯 바라보았다.

"오늘 서핑을 기대하긴 했어요. 하지만 당신을 보니 그럴 기분은 아닐 것 같네요. 거기에 그걸 넣었으니⋯⋯."

"솔직히 그래요. 하지만 안 그러면 엠마는 또 벌칙을 줄 거예요. 겨우 몇 주 전에 지도자 과정을 통과해서 아직 수습기간이거든요."

그녀는 어깨를 으쓱하고는 가볍게 말을 받았다.

"그건 별로 중요하지 않은 것⋯⋯"

저 멀리에서 누군가가 다가오는 것이 보였다. 마르고 키가 큰 검게 그을린 남자였다. 치골 아래 그냥 걸친 듯한 검정색 수영복을 입고 있었고 그 외엔 아무것도 걸치지 않았다. 정말 실 한 오라기도.

'어머, 어머. 웬일이야!'

갑자기 얼굴이 빨개진 것은 분명 햇빛 때문만은 아니었다. 애니는 말을 멈추고 멍하니 바라보았다. 제이미도 무슨 일인가 싶어 고개를 돌려 그녀의 시선을 쫓아갔다.

"젠장."

그가 투덜댔다.

7

당황하는 제이미를 보니 그는 여전히 형의 그늘 아래 있는 것 같았다. 하지만 사실 몸매는 가브리엘에 댈 게 아니었다. 제이미의 몸매는 너무나도 잘빠졌고, 근육까지 완벽했다. 특히 허벅지는 선베드에 누워 있던 여자들도 일제히 일어나서 쳐다보게 만드는 신의 경지에 다다라 있었다. 애니는 그와 함께 해변을 걷다가 몇 번이나 그런 장면을 경험한 터이다.

그에 비해 가브리엘은…… 엄밀히 말해 침 흘리며 바라볼 만하다는 말은 정확한 표현이 아니다. 그런데도 애니는 지금 침을 흘리고 있었다. 그건 아마도 점점 다가오는 그 모습에 자기도 모르게 입이 벌어졌기 때문일 것이다. 갑자기 허기가 느껴지는 것 같았다. 가브리엘 역시 자기를, 그것도 의도적으로 바라보고 있다는 사실에 애니는 깜짝 놀랐다.

"수영하려고 가게 문까지 닫고 왔어?"

제이미가 눈을 깔고 말했다. 제이미 또한 형의 수영복 차림에 몹시 놀란 눈치였다. 가브리엘은 용처럼 자기 거처를 절대 떠나지 않는 사람일 터인데 고작 수영을 하려고 수영복까지 차려입고 해변에 나온 걸까?

"한가해서. 잠수복이나 튜브를 찾는 손님이 와도 클라우디아가 분명 자기 가게로 끌어들일 거야."

가브리엘은 제이미에게 말하면서도 줄곧 애니를 바라보았다.

"그러면 손님을 놓치는 거잖아."

"그거 몇 푼 안 번다고 굶어 죽진 않아. 갑자기 수영을 하고 싶기도 했고."

인상을 쓴 가브리엘의 시선이 갑자기 제이미에게로 향했다.

"뭐 이상한 거라도 먹었냐, 제이미?"

제이미가 무슨 말인지 모르겠다는 표정으로 형을 쳐다보았다. 무뚝뚝하기는 했지만 형제 특유의 느낌이 있었다. 제이미의 모습을 미루어보았을 때 그는 여자 앞에서 놀림 당하는 건 싫지만 또 그런 것에 익숙한 듯했다.

"뭐래?"

제이미는 덫에 빠지는 것인지도 모르고 되물었다. 가브리엘은 고갯짓으로 제이미의 그곳을 가리켰다. 그을린 허벅지에 파이 부스러기들이 선명하게 붙어 있었고 사타구니 주변에 옅게 기름이

번져 있었다. 상상하기도 싫었지만 애니의 머릿속에는 그 장면이 생생하게 각인되어 몸속 깊이 몸서리쳤다.

"그 옷은 갈아입어야겠다. 사라가 보면 난리 칠 거야."

"사라가 왜?"

가브리엘이 뒤를 가리키며 고개를 끄덕였다.

"이쪽으로 오는 것 같더라."

움찔해서 주변을 둘러보니 정말 말 잘 듣는 그 젊은 카메라맨을 대동한 사라가 해변을 따라 걸어오고 있었다. 젊은 카메라맨은 사라의 눈길이 닿는 것은 무엇이든 찍는 것 같았다.

"돌겠네!"

허벅지에 붙어 있는 부스러기를 털어내는 제이미의 얼굴에는 불편한 기색이 역력했다. 움직일 때마다 패스티도 같이 이리저리 움직이는 것이 틀림없었다. 으깨진 패스티 조각이 한 쪽 다리 밑으로 빠져나오는 것이 보였다. 애니가 헛기침을 하며 신호를 보냈지만 그는 알아채지 못했다.

"저기…… 제이미?"

"네?"

애니는 가브리엘의 냉소적인 시선을 회피하면서, 제이미의 그을린 허벅지를 우아하게 타고 내려가고 있는 패스티 덩어리를 손으로 가리켰다.

"빌어먹을!"

제이미는 덩어리를 덥석 잡아 던져버렸다.

"제기랄!"

큰 소리에 모두가 돌아보았다. 줄무늬 수건 위에 앉아 있던 비키니를 입은 열아홉 살 정도의 소녀가 배 위에 떨어진 정체불명의 패스티 조각을 공포에 질린 얼굴로 뚫어져라 보고 있었다.

"뭐…… 뭐야 이거?"

제이미가 빨갛게 달아오른 얼굴로 더듬거리며 사과했다.

"집에 가서 옷 갈아입어. 뭐 하고 있었는지는 모르겠다만 이래서야 모두에게 폐만 끼칠 거야."

가브리엘이 퉁명스럽게 말했다.

"안 돼. 바다에서 보드 타는 건 아직 시작도 못했어. 수업에 그것도 포함되어 있는 건데. 지금 수업을 그만뒀다간 엠마가 나를 자를지도 몰라."

"저는 정말로 괜찮아요. 다음 수업에 해도 괜찮아요. 엠마에게는 내가 잘 말할게요. 내가 미뤘다고요."

"엠마는 절대 그 말을 믿지 않을 거예요."

그 때 가브리엘이 팔짱을 끼더니 말했다.

"내가 애니를 데리고 갈게."

그러고는 그녀에게 도전적인 눈빛으로 말했다.

"당신이 반대하지 않는다면 말이오."

'내가 애니를 데리고 갈게……'

대박!

애니는 '고맙지만 괜찮아요' 같은 정상적인 대답을 하고 싶었지만 목에 뭐가 걸린 것처럼 말이 나오지 않았다. '입이 안 떨어진다'는 말이 무슨 뜻인지 알 것 같았다. 분명 자기 입인데 풀로 붙인 것처럼 꼭 붙어서 열리지가 않았다. 그저 속수무책 바라보며 헛기침만 해댈 뿐이었다.

"찬성한 것으로 생각하겠소."

"애니, 확실하게 말해야 해요."

제이미는 그녀를 똑바로 바라보며 확실한 대답을 기다리고 있었다.

"아, 좋아요. 내가 애니를 데리고…… 아니 그러니까 가브리엘이 나를 데리고 가는 거…… 서핑 보드 타러. 그거요."

정말 주책이다. 그것도 아주 바가지로. 반쯤 정신이 나가서 횡설수설한 말의 의도를 가브리엘이 알아채기라도 했으면 어쩔 뻔했나.

제이미 역시 아무것도 눈치 채지 못한 것 같았다. 사실 그는 반바지에 남아 있는 뭉개진 패스티 조각과 점점 다가오는 사라를 피할 생각에 정신이 없었다. 그는 그저 어깨를 으쓱하고는 나중에 확인하겠다는 말을 남기고 사람들로 북적거리는 해변 쪽으로 걸어갔다. 애니는 마치 살인 청부업자가 결전을 치르고 술집으로 돌아오는 듯한 모습으로 일광욕을 즐기는 사람들과 떠들썩한 아이들 사이를 어정쩡한 자세로 빠져나가는 제이미를 안쓰러운 표정으로 보고 있었다. 그의 형도 무표정한 얼굴로 한동안 바라보다가 이내 차가운 시선으로 애니를 보았다.

"자, 갑시다."

다른 말이 생각나지 않았다. 그런데 불쑥 말이 튀어나왔다.

"서핑은 해본 적이 없어요."

"알고 있소."

"사고가 날 수도 있어요."

"괜찮을 거요."

"물에 빠져 죽을 수도 있다고요."

애니는 제이미의 형수 얘기가 갑자기 생각나서 깜짝 놀라 혀를 깨물 뻔했다. 이름은 생각날 듯 말 듯 했지만 서핑을 하다 죽었다는 것만은 기억났다. 가브리엘의 아내가 해류에 휩쓸려 간 그 사건. 저 파도는 사람을 순식간에 바다 저 먼 곳으로 내동댕이쳐 버릴 수도 있고 죽을 때까지 차갑고 깊은 파도에 가둬둘 수도 있다.

빅토리아. 가브리엘의 아내의 이름이었다. 몸이 부르르 떨렸다.

"당신에게 절대 그런 일이 없도록 할 거요, 애니."

그의 짙어지는 시선은 이내 그녀의 머리 뒤쪽으로 향했다. 누군가가 있는 것 같았다.

"사라가 오고 있군. 카메라맨도 같이 오고 있소. 지역 잡지 여름호에 낼 해변 특집 기사 때문일 거요. 저들과 얘기를 나누겠소, 아니면 서핑을 가겠소?"

애니는 그들을 피하겠다는 결연한 의지로 보드를 꽉 움켜쥐었다.

"파도 타러 가요!"

가브리엘의 미소는 칭찬인 동시에 도발적이었다. 무서우면서도 빈틈이 없다! 게다가 저 아름다운 복근! 근육질의 배 위에서 빨래를 해도 될 것 같았다. 차라리 저 남자가 물렁살에 불쾌하게 생겼으면 좋았을걸.

"운동 열심히 하시나 봐요."

구조대 깃발 사이로 파도가 밀려들어 오는 곳으로 같이 걸어가면서 그에게 말했다. 하지만 곧바로 자기가 그의 몸매를 감상했다는 사실을 자기 입으로 밝혔다는 것을 깨달았다. 입이 방정이다.

"일주일에 세 번 정도 하지. 그렇게 멀지 않은 곳에 괜찮은 체육관이 있소. 운동 좋아해요?"

가브리엘은 별 감흥 없이 그녀의 몸을 보았다. 마치 혈통 좋은 개 사육자가 암캐를 찾는 듯한 눈길이었다.

"체육관 위치랑 다른 자세한 정보도 알려줄 수 있는데."

"난 걷는 게 더 좋아요."

"전문적으로 걷는 거 말이오?"

"그렇게까지는 아니지만, 가끔은 꽤 걷죠."

그는 웃지 않았다.

"그렇다면 우리가 당신을 서핑의 세계로 인도하겠소."

가브리엘은 그렇게 말하고는 그녀의 팔 아래에 있는 보드를 고개로 가리켰다.

"내가 들겠소."

사실 보드가 엄청 무거워서 마치 책장을 들고 옮기는 것 같았지만 그녀는 제안을 사양했다.

"괜찮아요. 이래야 근육도 좀 붙죠. 안 그래요?"

그는 웃으며 그녀를 위아래로 훑었다.

"내 눈엔 날씬해 보이는데."

빨개진 볼이 터질 것 같았다. 살이 다 보이는 비키니 대신 두꺼운 고무 잠수복을 입었으면 좋았을 걸.

잠시 후 둘은 물가에 서서 파도가 계속 밀려오는 것을 바라보았다. 시원한 물이 발끝에 닿았다. 흰 포말과 소금기 어린 바다 냄새가 훅 끼쳐왔다. 미국까지 이르는 거대한 대양을 바라보다 보니 갑자기 두려워졌다. 바다에 떠 있는 매끄러운 플라스틱 조각 위에서 균형을 잡는 것은 고사하고 수영도 해본 적이 없었다. 그러는 동안에도 계속 파도가 거세게 들이치고 있었다.

'나는 준비가 된 걸까? 이 짜증 날 만큼 섹시한 남자 앞에서 바보 같은 짓을 할 준비가 된 걸까? 녹회색의 바다에 먹힐 준비가 된 걸까?'

가브리엘은 지적이고 차분한 눈길로 애니를 바라보았다.

"여기 사람이면 모두가 하는 거요."

애니는 자기를 바라보는 그의 시선에 온몸이 달아오르는 것을 느꼈다.

"뭐…… 뭘요?"

"이 지역에 있는 모든 사람들이 서핑을 하고 있소. 그런데도 아직 살아 있으니 무서워하지 않아도 될 거요."

"안 무섭거든요!"

그가 능글맞게 웃었다.

"그럼 들어가봐요. 아니면 내가 먼저 보여주는 게 좋겠소?"

그는 거품이 이는 파도 속으로 몇 걸음 걸어 들어갔다.

"아니요, 저도 할 수 있어요. 제이미가 이미 노 젓는 방법하고 큰 파도를 기다리는 법을 가르쳐줬어요."

애니는 햇빛에 반짝이는 물속으로 들어갔다. 깊이 들어갈수록 뒤뚱거려 물이 튀었다. 가슴이 떨리는 것은 무시하고 물이 허리까지 찰 때까지 들어갔다.

"우왓. 어……엄청 차갑네요!"

가브리엘은 눈에 힘을 주고는 말했다.

"여기가 어디라고 생각한 거요? 풀장이 아니라 대서양이잖소."

애니는 재수 없다는 듯 그를 쏘아보았다.

"어련하시겠어요. 날도 화창하고 해서 그냥……."

"몇 개월간 더운 날씨가 계속돼도 대서양의 수온은 겨우 몇 도 올라가요. 그런데 지금은 아직 본격적인 더위가 오지도 않은 때잖소."

그는 두 손을 모아 물을 떠서 머리와 떡 벌어진 갈색 가슴에 끼얹었다. 햇빛에 반짝이는 물방울이 그의 탄탄한 복부를 따라 흘러내렸다.

"이렇게 몇 번 해봐요. 그러면 물이 덜 차게 느껴질 거요."

"장난해요?"

"일단 해봐요."

'제발. 저 가슴 좀 그만 보라고! 내가 자기한테 끌리고 있는 걸 눈치 채면 어떻게 하지? 제발 몰라야 할 텐데.'

사실 애니도 이런 자신이 너무 당황스러웠다.

그녀는 조심스럽게 서핑 보드를 출렁이는 파도 위에 놓았다. 한 손으로는 보드를 꼭 잡고 다른 한 손으로 물을 뜨려고 했다. 겨우 물을 떠서 끼얹었지만 물이 너무 차가웠다. 애니는 격렬하게 물을 털었다. 이 갑작스러운 손 샤워로 머리에서 물이 떨어지니 숨이 가빠졌다.

"어머나. 어우. 어머!"

가브리엘이 웃으며 물었다.

"괜찮아졌소?"

"전혀요."

"조금만 더 가면 당신 키보다 더 깊은 곳이오. 그러면 아까 본 것처럼 당신도 보드 위에서 노를 저을 수 있소."

마지막 말을 함과 동시에 가브리엘은 바다에 뛰어들어 깊은 바다 쪽으로 빠르게 수영해 갔다.

애니는 고작 서핑을 배우는 일이긴 하지만 오늘에야말로 뭔가를 해내겠다는 결심을 하고 그를 따라갔다. 그리고 곧 발끝으로 겨우 설 수 있는 곳에 도착했다. 이제 서핑 보드 위에 엎드려야 한다. 크게 숨을 들이쉰 후, 본 대로 보드를 펼쳐 그 위로 몸을 던졌다. 뒤뚱거리다가 보드 위로 미끄러져 다시 물에 빠졌다.

빌어먹을.

다시 몸을 던졌다. 이번에는 전보다 조금 더 오래 보드 위에 머물렀다. 세 번째 시도에서 보드 위에 안착했다.

"나쁘지 않군."

그가 말했다. 그는 발헤엄을 치며 그녀를 지켜보았다. 곧 뒤를 보고는 다가오는 파도를 향해 고개를 끄덕였다.

"해안가를 향해 보드를 돌리고, 파도가 와서 칠 때 그대로 있어요. 그러고는 몸을 일으켜 웅크린 자세를 취하는 거요. 얼마나 오래 서 있을 수 있을지 지켜보는 거요."

파도가 가차 없이 그녀를 향해 밀려왔다. 애니는 긴장한 채 파도를 보고 있다가 가브리엘이 시키는 대로 했다. 그녀는 기적적으로 파도가 쓸고 갔는데도 보드를 잡고 있을 수 있었다. 그러고는 믿을 수 없을 정도로 침착하게 다음 동작을 하고 보드 위에 웅크린 자세를 취했다. 파도가 오기 전까지 적어도 오 초는 그렇게 있다가 수심이 얕은 곳으로 떨어졌다. 떨어지긴 했어도 해냈다. 파도를 탄 것이다. 그것도 삼 미터 이상의 파도를!

가브리엘이 애니의 가까이로 헤엄쳐 다가왔다.

"초보자 치고는 꽤 잘했소. 기분 어때요?"

"끝내주네요!"

그녀는 젖은 머리를 귀 뒤로 넘기며 숨을 가쁘게 쉬었다.

"좋아요. 보드 다시 가지고 와서 한 번 더 해봅시다."

애니는 그 후로 이십 분 정도 더 연습을 했다. 연습을 거듭할수록 조금씩 좋아지고 더 대담해졌다. 처음 몇 번은 거센 파도에 빠져 무섭기도 했고, 세상이 빙빙 도는 것 같았고 숨을 쉬기도 힘들었다. 그런데 수영하고 있는 탄탄한 다리가 자기 옆에 버티고 있는 것을 보고는 가브리엘이 자기 옆에 있음을 알게 되었다. 그리고 그가 자기를 죽게 만들지 않을 거라는 믿음이 생겼다. 그러자 자신감이 생겨, 웃으면서 다시 보드에 올라탈 수 있게 되었다.

보아하니 가브리엘은 가게에 갈 생각이 없는 것 같았다. 오늘의 날씨는 눈부시게 좋았고, 그는 이 바다를 사랑하는 것이 분명했다. 이 바다가 비록 그의 아내를 앗아갔다 해도.

"애는 어떻소?"

잠시 후 가브리엘이 물었다.

"애요?"

애니는 잠시 동안 멍하니 그를 쳐다봤다.

"아, 레오 말이군요. 제 아이가 아니고 조카예요."

"알아요, 하지만 일단은 당신이 법적 보호자잖소."

"그렇죠."

"그러면 당신 애지. 아들 같은 존재라고나 할까."

레오가 자신의 아들이라는 생각은 충격이었다. 그녀는 곰곰이 생각하다가 조카가 실수로 자기를 엄마라고 불렀을 때를 떠올렸다.

"그렇겠네요. 맞아요. 그래도 그 녀석의 엄마를 대신할 수는 없겠죠."

"레오도 그걸 바라지는 않을 거요."

그의 짙은 눈이 그녀의 얼굴을 살피더니 이내 시선을 아래로 옮겼다. 그녀의 몸을 대놓고 감상하고 있는 것이다.

"하지만 그 아이 또래에는 엄마가 주는 안정감이 필요할 거요. 삶을 평온하고 균형 있게 유지해주고 힘든 상황에 빠지지 않도록 지켜줄 누군가가 필요하지."

가브리엘의 목소리에는 무언가 거슬리는 것이 있었다.

"왜 그런 말을 하는 거예요?"

"별거 아니오."

"말해봐요."

"정말 별거 아니오. 내가 알아서 하겠소."

호기심도 호기심이지만 불쾌한 기분이 들었다. 이건 자기 문제다. 명백히 자기와 관련된 일을 왜 본인도 모르게 처리한다고 하는 것일까?

"무슨 일이에요, 가브리엘? 레오한테 무슨 일이라도 있는 건가요?"

그는 그녀를 평가하듯 쳐다보고는 어깨를 으쓱했다.

"얼마 전에 우리 가게에서 물건을 훔쳤소."

"말도 안 돼!"

"내가 계산대에 뒀던 선글라스였소. 뭐, 물건이 어떤 것이든 어쨌든 훔친 건 훔친 거니까. 레오가 나가자마자 그게 없어진 걸 알았소. 그때 가게에는 우리 둘밖에 없었고. 녀석을 따라가서 말하니까 돌려주었소."

그녀는 수치심 가득한 눈으로 그를 쳐다봤다.

"어떻게 이런 일이⋯⋯. 정말 정말 미안해요. 그 아이가 어떻게 그런 일을⋯⋯. 집에 가서 레오와 심각하게 이야기 좀 나눠야겠어요."

"별거 아니라고 말했잖소. 내가 알아서 한다고."

그는 계면쩍다는 듯 어깨를 으쓱했다. 바닷물에 젖은 어깨는 수개월간 태양 아래에서 지냈는지 황갈색이었다.

"그 벌로 토요일 오후에 우리 가게에서 일할 거요. 네 시간 삼십 분 동안. 그때가 가장 바쁠 때요. 혹시 어디 갔는지 궁금해할까 봐 말해주는 거요."

애니는 잠시 생각하다가 고개를 끄덕였다.

"좋은 생각이에요. 고마워요, 정말로."

이제는 가브리엘이 인상을 쓰며 말했다.

"뭐가 고맙다는 거요?"

"경찰을 부르지 않았잖아요. 바로 신고하는 가게도 있어요."

"내 방식은 그렇지 않소."

애니는 너무 고마워서 가브리엘을 보고 방긋 웃었다.

"그래도 고마워요. 친절하면서도 납득이 가는 방법으로 해결했잖아요."

하지만 여전히 레오의 행동은 당혹스러웠다. 애니는 자신이 부모가 되기에는 능력이 부족하다는 것을 또 한 번 절감했다.

"아이를 어떻게 키우는지 잘 알았으면 좋겠어요. 이런 일이 일어나면 어떻게 해야 할지 감도 안 잡혀요. 해결은 고사하고요."

가브리엘은 용기를 주려는 듯 애니를 보고 웃으며 말했다.

"나와 제이미는 나이 차이가 많이 나다 보니, 어렸을 때부터 녀석을 돌보는 일은 내 몫이었소. 제이미는 꽤나 사고뭉치였지. 남자 아이들이 다 그래요. 그렇다고 이제 와서 당신이 남자들에 대한 공부를 해야 한다고 생각하지는 않……"

"그럴 필요는 없을 거예요!"

말은 그렇게 했지만 자신이 부모로서 많이 부족하다고 노심초사했던 것도 사실이었다. 자기가 잘했다면, 레오가 도둑질을 하지 않았을 테니 말이다.

"뭐, 혹시라도 레오의 행동과 관련해서 도움이 필요하면…… 언제든 찾아와요."

그의 목소리는 낮았지만 따뜻함이 느껴졌다. 그 목소리에 얼얼한 머리부터 젖은 발끝까지 전율이 느껴졌다.

'도움의 손길이 필요하면……'

가브리엘의 말이 머리에 맴돌았다. 애니는 그의 손을 보지 않으려 애썼지만 뭐든 잘하는 저 손이 자기를 더듬는 상상을 하지 않을 수 없었다.

"파도 한 번 더 타러 갈까요?"

이런 생각은 재빨리 지워버려야 한다고 생각하며 고개를 흔들었다. 아직은 가브리엘 같은 남자에게 빠질 준비가 되지 않았다. 적어도 아직은 아니다. 아니, 영원히 안 될지도 모른다. 지금은 그녀에게 별 관심도 없고 건전한 매력을 풍기는 제이미가 데이트 상대로는 더 좋을 것이다. 하지만 이 남자는…….

"너울이 꽤 커 보여요."

그의 눈을 피하며 황급히 덧붙였다.

"너울 맞죠?"

그는 말없이 고개를 끄덕이고는, 애니가 허리까지 차오르는 곳까지 첨벙대며 뛰어가는 동안 가만히 서 있었다. 바닷물의 냉기는 달아오른 몸을 식혀주었다. 심지어 떠다니는 모래알과 해초 조각이 얇은 비키니 속으로 계속 들어와 성적 흥분을 가라앉히는 천연 성욕억제제 역할을 해주었다. 자신의 뒤에 있는 가브리엘에 대한 생각을 떨치려고 애를 쓰며, 눈앞의 상어나 위험한 남자에게서 자기를 지켜주는 부적이라도 되는 양 보드를 꼭 붙잡았다.

잠시 후, 애니는 구릿빛 피부에 날씬한 몸매를 자랑하는 가브리엘이 힘차게 수영하며 옆으로 지나가는 것을 보았다.

'아, 어쩜 손이 저렇게 클까…….'

"섹시한 자식."

더 큰 파도를 기다리며 물을 따라 위아래로 움직이다가 한마디 씩 내뱉고 다시 입 한가득 들어온 바닷물을 내뱉었다.

가브리엘은 몇 미터 앞에서 몸을 돌려 애니를 보았다. 바다를 자기 손안에 휘어잡은, 수영하는 호랑이 같은 모습이었다. 이 사람이야말로 하늘이 내린 선물인가. 그녀는 이 휘몰아치는 기분을 믿을 수 없어서 멍하니 앞을 보고 있었다. 욱하는 성미의 이 남자. 그런 남자가 자기의 영혼의 짝이라고 생각하는 자신이 미친 건 아닐까 하는 생각이 들었다.

"뭐라고 했소?"

일렁이는 파도 소리를 뚫고 그가 소리쳤다.

"아니에요."

애니는 그렇게 대답하고는 아무 일도 없다는 듯 물속에 서 있었다. 잠시 후에, 난데없이 큰 파도가 매섭게 그녀의 얼굴을 강타했다.

'아, 파도가 친절도 하셔.'

8

애니가 수건으로 몸을 닦고 나니 딱 붙는 검은색 수영복을 입은 가브리엘은 이미 해변가에서 자취를 감춰버리고 없었다. 그때 한 톤 높은 목소리의 인사 소리가 들려왔고, 곧바로 무슨 상황인지 알 수 있었다.

"안뇽하세요?"

목소리의 주인공은 아니나 다를까 사라였다. 금발 머리가 바닷바람에 헝클어졌지만, 연예인들이나 쓸 법한 큰 선글라스로 잘 고정시키고 있었다.

"어머, 자기였군요!"

사라는 이렇게 외치면서 닭살 돋고 생채기 난 피부를 감상이라도 하듯 그녀를 위아래로 훑었다.

"제이미가 없는 곳에서 만나 다행이에요."

애니는 눈썹을 치켜올렸다.

"아니, 카메라맨은 어디에 두고 오신 거예요?"

여기저기 둘러보았지만 젊은 카메라맨은 보이지 않았다.

"사진 뽑으라고 보냈어요."

"그래요? 요즘은 다 디지털로 하는 줄 알았어요."

"말이 그렇다는 거죠."

"아, 그래요."

애니는 살짝 인상을 구기며 물기를 닦아냈다. 이 여자는 도대체 뭘 캐내려고 하는 걸까? 좋은 일은 아닐 것임이 틀림없었다. 보통이라면 기자를 의심하진 않았겠지만 이 여자는 신중하게 대하는 편이 안전할 것 같았다. 여자의 직감이긴 하지만 믿고 따를 가치는 있었다.

"나와 단둘이 얘기하고 싶다고요, 사라? 정확히 뭐에 관해서요? 재촉하는 것 같아 미안하지만 레오가 학교에서 오기 전에 가야 해서요. 그 애가 빈집에 혼자 있게 하고 싶지 않아요."

"그럼요. 당연하죠. 애니, 당신의 도움이 필요해요."

선글라스를 고쳐 쓰며 사라는 제법 진지한 눈으로 말했다. 애니는 놀라서 타월로 몸을 감싸고 허리를 폈다.

"무슨 도움이요?"

"파이 굴리기 대회."

"네?"

"폴젤에서는 매년 여름 축제가 열려요. 그중 가장 인기가 많은 게 바로 파이 굴리기 대회예요."

애니는 무슨 말인지 몰라 멍하니 사라를 쳐다봤다.

"그래요. 일단은 그렇다 치죠. 그래서 무슨 파이를 어디서 굴려요?"

"뭐든 먹을 걸로 만들기만 하면 괜찮아요. 시내 쪽으로 이어지는 길에서 굴려요."

애니는 놀라움을 감추지 못하고 입을 떡 벌린 채로 서 있었다. 사라의 열의에 찬 표정을 보니 파이 굴리기 대회는 진짜로 있는 이벤트인 듯했다.

"그 경사로에서요? 정말이에요?"

"파이가 마지막 커브를 지나면 가속이 붙어 빨리 내려가요."

"그렇겠죠."

"참가자들은 지정된 막대를 이용해서 파이를 굴려야 해요. 다른 도구는 금지죠. 자기 발로 굴리는 것도 안 돼요."

사라는 웃음을 참는 애니를 보며 엄한 얼굴로 말했다.

"웃지 말아요. 장난 아니에요. 매년 손과 발을 써서 탈락하는 파이들이 얼마나 많은지 알게 되면 깜짝 놀랄 거예요."

"파이가 아니라 사람들이 탈락한다는 말이죠?"

"사람이나 파이나 마찬가지죠. 애니, 도와줄 거죠? 이 큰 행사를 우리가 맡고 있는데 벌써 조직위원 두 명을 잃었어요. 솔직히 완전 엉망진창이에요."

"조직위원을 잃다니요?"

"그게, 그 바보 같은 여자가 임신을 했지 뭐에요. 예정일이 파이 대회 즈음이라고 하더군요. 다른 한 사람은 지난달 갑자기 불교 신자가 되어서 티베트로 성지순례를 떠나버렸어요."

사라는 눈에 달라붙는 머리를 넘겼다. 아무래도 스트레스를 받고 있는 것 같았다.

"대회 위원회장이 나를 심하게 갈군다니까요."

"뭐라고요?"

"정말 개자식이에요. 막말해서 미안하지만, 가끔은 몰래 찔러 죽이고 싶다니까요. 계획의 허점만 눈에 불을 켜고 찾아서는 나 혼자 막으라는 식이에요. 그거 있잖아요. 댐에 구멍이 났는데 손가락으로 막아서 구했다는 남자아이 얘기요. 그런 식이에요. 내가 성에 안 차나 봐요. 남자들은 다 그렇다니까요!"

애니는 공감했다. 그런 류의 사람을 잘 안다. 나서기 좋아하는 속물 같은 사람.

"어쨌든 나는 그 개자식이 원하는 대로 다 할 순 없어요. 그러다 내가 죽을 것 같아요. 정말로 죽어요. 신문사와 라디오 일도 있고 사교생활도 해야 하잖아요."

사라가 무심코 브라를 매만지는 바람에 그 큰 가슴이 좌우로 흔들렸다. 그녀는 만족스러운 표정으로 자기의 풍만한 가슴을 내려다보았다.

"그러니까 주중 며칠은 신나게 춤을 추거나 쌔끈한 서퍼라도 만나야 한다는 거예요. 이 답답한 콘월에서 혼자 사는 이유가 다 그런 거 아니겠어요?"

"백 퍼센트 공감해요."

애니는 별 생각 없이 맞장구를 치고 있었다. 그런데 사라가 마치 헤어졌던 자매를 찾은 것처럼 자기를 꼭 끌어안는 것이 아닌가?

"너무 귀엽다. 만날 때부터 알아봤어요. 우리는 코드가 맞다는 걸."

그러고는 다시 선글라스를 꼈다.

"그럼, 내일 저녁 '가브리엘의 보물 창고'에서 봐요. 바로 임명할 거예요. 우리 위원회에 젊은 피가 너무나 절실하거든요. 다들 신선한 피에 굶주려 있어요."

입도 뻥긋 안 했는데 위원회 일을, 그것도 자원해서 하게 된 모양이었다. 충격을 받은 애니는 거절할 말을 찾느라 더듬거렸다. 오늘은 일이 너무 많았다. 레오 일도 있고, 가게 일도 도와야 했다.

"아니, 그러니까…… 내 피는 그렇게 좋지 않을 것 같기도 하네요."

"아니에요. 애니야말로 우리의 구세주예요! 고마워요! 정말!"

"아니요. 그렇게는 못 해요."

하지만 사라는 이미 휴대폰을 보느라 정신이 팔려 있었다.

"어머 이런. 이만 가봐야 해요. 이러다 편집 회의에 또 늦게 생겼어요. 뭐든 시시콜콜한 것까지 나한테 전화한다니까요. 내일 저녁 일곱 시. 알겠죠? 노트랑 펜도 챙겨 와요. 그리고 형광펜도 필요해요. 참. 맛있는 비스킷도 빼먹으면 안 돼요."

애니는 서둘러 젖은 모래사장을 나가는 사라를 멍하니 바라보았다.

"잠깐만요……. '가브리엘의 바다 창고'에서 본다고요?"

"맞아요, 그 가게 위층에서 만나요."

사라는 뒤를 돌아 멈춰 서서 하얀 이를 내보이며 환히 웃었다.

"내가 말 안 했나요? 가브리엘이 파이 축제 위원장이에요."

정말이지 자기가 왜 이 위원회에 들어간다고 했는지, 애니 자신도 알 수 없었다. '왜 더 강하게 거절하지 못했을까' 하는 후회만이 밀려왔다.

"미치겠네."

애니는 일곱 시 오 분 전 가브리엘의 가게 안쪽 계단 아래에 서서 중얼거렸다. 가게 문은 닫혀 있었지만 살짝 밀어보니 잠겨 있지는 않았다. 그녀는 가게 안에서 패티라는 이름의 점잖아 보이는 중년 부인과 인사하고 위층으로 향하는 계단을 친근한 몸짓으로 가리켰다.

"맞아요. 올라가면 돼요."

애니는 망설이며 어두컴컴한 곳을 바라봤다.

"위원회 회의 맞죠?"

"회의는 이 층에서 해요. 모두 왔어요. 아니 거의 다 왔을 거예요. 모두가 다 모일 때까지 기다렸다가 가브리엘 대신 문을 잠그는 게 내 역할이에요. 동네 꼬마들이 어떻게 알아서는 회의 중간에 들어와서 특이한 장난감 같은 걸 가져가지 뭐예요. 그래서 모두 모이면 문을 잠가야 해요."

"사실, 그건 사라가 일을 할당하기 전에 회원이 도망가는 걸 방지하려는 거요."

위쪽에서 목소리가 들려왔다. 그녀는 본능적으로 경계하며 뒤를 돌았다. 가브리엘이 계단 위에서 비웃는 듯한 웃음을 짓고 있었다.

"안녕하세요."

그녀가 쉰 목소리로 인사했다.

"잘 지냈소?"

그는 그녀가 올라올 수 있게 옆으로 비켜섰다.

"이렇게 와줘서 고맙소. 당신이라면 분명 바보 같은 파이 축제보다는 훨씬 재미있는 일이 많을 텐데 말이오."

"아니에요. 돕게 되어 기뻐요."

거짓말이 술술 나왔다.

거 참. 왜 이리 덩치도 크고 남자다운지. 문을 통과하려면 그와 상당히 밀착해야 했다.

'피하지 말고, 얼굴 빨개지지도 말자.'

애니는 마음을 다잡고 계단을 올라갔다.

"무슨 소리요. 레오 하나로도 벅찰 텐데. 그나저나 레오는 어떻소?"

"잘 지내요."

그녀는 계단 끝에서 웃으며 답했다. 그의 로션 향을 맡을 수 있을 만큼 거리가 가까워졌다. 이 강한 수컷의 냄새를 이겨내야 한다.

"숙제하고 있으면 얼마나 좋겠어요. 피자 만들어주고 방정식 좀 풀라고 하고 왔어요."

자기를 보고 있는 그의 표정을 읽을 길이 없었다.

"폴젤의 파이 장인들이 당신의 희생정신에 경의를 표해야겠군요."

"솔직히 노고랄 건 없어요. 대수학은 정말 못하거든요."

"나도 조금은 가르칠 수 있소. 역사는 헷갈리는 게 있지만 지리는 조금 하고, 수학도 그렇게 나쁘지는 않소."

그는 뒤로 물러서더니 고개를 기울였다. 얼굴에 스치듯 유령 같은 미소가 번졌다.

"이쪽으로 와요. 딱 맞춰 왔어요. 회의 준비가 거의 다 된 참이오."

애니는 야릇하게 자기의 몸을 내려다보는 그의 시선을 느끼고는 갑자기 십 대 소녀처럼 수줍어했다.

'내 모습이 맘에 들었을까? 바닷가에서 이미 내 몸매는 봤을 텐데.'

그는 스타일이 좋으니 잘 차려 입은 여자들을 좋아할지도 모른다. 그의 여자 친구인 척할 생각은 없지만 그렇다고 그가 자기를 촌스럽다거나 구식이라고 생각하는 것은 싫었다. 그날 저녁 옷장 앞에서 고민하다가 결국은 청바지와 검정 조끼, 흰색 셔츠를 골라 입었다. 캐주얼하면서도 격식을 차린 느낌을 주었다. 그가 청바지를 입은 모습에 안심이 되었다. 그는 청바지에 넥타이 없이 깃을 푼 하늘색 셔츠 차림이었다. 다행히도 정장을 입고 딱딱한 안건을 논의하는 자리는 아닌 것 같다.

이런 생각이 들자 조금은 마음이 편안해졌지만 그것도 잠시였다. 가브리엘에게 슬슬 떠밀려 넓은 공간으로 들어가니 예쁘게 꾸민 사라가 앉아 있었다. 평소처럼 화려한 차림에 한 손에는 와인 잔을 들고 있었다. 탁자 위에 화이트와인이 은색 칠러에 들어 있었고 잔 몇 개가 채워져 있었다.

옅은 노란 쉬폰 스카프를 머리에 두어 번 두른 스타일은 세련된 70년대 패션을 연상시켰다. 무릎까지 오는 민소매 원피스는 심플했지만 우아했다. 부드러운 노란색과 검은색이 섞인 옷감이 몸에 착 감겼고, 대담하게 파인 목선은 풍만한 가슴을 부각시켰다. 측면에 리본이 달린 굽 낮은 검정 구두가 패션의 화룡점정이었다.

테이블에는 네 명이 더 있었는데, 그 누구도 즐거워 보이지 않았다. 두 남자는 코듀로이 바지와 소매를 팔꿈치까지 말아 올린 셔츠를 입고 있었다. 짧은 검은색 머리와 거무스름한 피부의, 전형적인 콘월 사람 같은 남성들이었다. 다른 두 여성 중 더 젊어 보이는 한 명은 마르고 연약해 보였다. 금발 머리에 눌러쓴 모자 아래로 광대뼈가 나와 있었다. 그리고 부모님 연배처럼 보이는 또다른 여성은 볼이 불룩하고 발그레했다. 수년간 뜨거운 오븐을 자주 들여다본 흔적일 것이다.

네 명 모두 호기심과 의구심이 섞인 눈으로 애니를 살펴보았다. 많은 업무를 함께 할 사람이 생겨 안심이 되기도 하지만 그런 사람이 폴젤도 콘월도 처음이라는 데서 오는 복잡한 심경이 엿보였다. 애니를 본 사라가 자세를 고쳐 앉더니 큰 소리로 말했다.

"어머 왔구나! 너무 잘됐다! 시작하기 전에 이리 와서 한잔해요. 그렇게 놀란 얼굴 하지 말고. 나도 조금밖에 안 마셨어. 그리고 와인과 파이를 함께 먹는 건 이 지역 전통이거든. 폴젤에서는 다들 그렇게 살아요."

조금 취한 듯 사라의 발음이 풀어졌다.

애니는 감히 가브리엘을 쳐다볼 생각은 못하고 터져 나오는 웃음을 참았다. 사라는 와인을 한 잔 이상 마신 것 같았다. 아니면 회의 오기 전에 다른 곳에서 마시고 왔을 것이다. 애니는 사라 반대편에 자리를 잡고 와인 잔을 내밀었다. 조금 상냥하게 대하고 싶었다.

"고마워요. 한잔 주세요."

사라는 그녀의 잔에 와인을 따르고 자신의 잔을 부딪쳤다.

"건배! 윙윙거리는 소리 전에 마음을 다잡아둬야 해요."

"윙윙거리는 소리요?"

젊어 보이는 여자가 갑자기 콧소리를 내다 애니의 시선에 소리를 멈췄다.

"미안해요. 코감기에 걸렸거든요."

여성이 사과하며 손을 내밀었다.

"올리비아라고 해요."

"애니라고 해요."

"알고 있어요."

그 말을 어떻게 받아들여야 할지 가늠이 되지 않았다. 예감이 좋지 않다.

삐걱거리는 계단 소리와 함께 패티가 올라왔다. 피곤한 듯 올라온 그녀 뒤에는 지팡이를 짚고 모자를 쓴 노신사가 따라왔다. 노신사는 모두에게 가볍게 목례한 후 자신의 자리에 앉았다.

"모두 왔어요. 문도 잠갔어요. 이상 없어요."

그녀는 안도의 한숨을 내쉬며 큰 팔걸이의자에 털썩하고 앉았다.

"좋아요. 이제 아무도 나갈 수도 들어올 수도 없네요."

사라가 와인 잔에 코를 반쯤 박으며 중얼거렸다. 가브리엘이 테이블 상석에 자리 잡고 모두를 둘러본 후 말을 꺼냈다.

"우리 모두 여기 있는 애니를 알고는 있지만 그래도 정식으로 소개를 하겠습니다. 이제 그녀도 우리의 의미 없는 말싸움과 손가락질이 누구 탓인지 알게 되겠군요."

"이봐요!"

한 남자가 외쳤지만 가브리엘의 날카로운 눈빛에 입을 다물었다.

"좋은 생각이에요. 올리비아 핸더스톨입니다. 이쪽은 제 남편, 필립이고요."

올리비아는 맞은편에 앉아 있는 남자를 가리키며 말했다.

"우린 고급차 대여 사업을 하고 있어요. 결혼식이나 장례식에 쓰는 리무진 같은 차들이죠. 혹시 필요하면 연락주세요."

그녀의 남편은 덩치 큰 두 사람 중 한 명이었다. 한때는 운동선수 같은 탄탄한 근육질 몸매였겠지만 이제 전성기의 모습은 찾아볼 수 없었다. 그는 올리비아보다 적어도 열다섯 살은 많아 보였다.

"필립, 인사해요."

필립은 툴툴대더니 몸을 움직여 애니와 악수했다. 그의 손은 크고 축축했다.

"안녕하세요, 애니. 이곳 생활은 어때요?"

"좋아요. 감사합니다."

"패티예요. 아래층에서 만났죠."

그녀는 허물없이 말하며 커다란 가방을 무릎에 올려놓고 뜨개질 거리를 꺼내서 바늘이 보이지 않을 정도로 빠르게 '딸깍' 소리를 내며 뜨개질을 했다.

"폴젤 소모임에 온 걸 환영해요. 사라는 신경 쓰지 말아요. 우린 다 좋은 친구예요."

그녀는 잠시 말을 멈추고 가브리엘을 보고는 말을 이었다.

"사람마다 차이는 있지만요."

사라가 크게 트림을 했다.

"나는 설명 안 해도 알죠?"

"그럼요."

엄마 연배의 여인은 사라의 트림에 놀란 듯했지만 아무 말도 하지 않았다. 그러고는 애니를 보며 부드럽게 웃었다.

"만나서 반가워요. 저도 핸더스톨이랍니다. 필립의 새엄마죠."

꽤 복잡한 관계군. 아닌 게 아니라 며느리 올리비아가 불편해 보였다.

"저도 만나서 반가워요, 핸더스톨 부인."

"셜리라고 불러요."

노신사는 여름밤의 따뜻한 날씨에도 불구하고 팔꿈치에 가죽 패치가 달린 깔끔한 트위드 재킷에 셔츠와 타이를 매고 있었다. 그가 어찌나 뚫어지게 쳐다보던지 애니는 좌불안석이었다.

"만나서 반갑소, 애니. 피터 콘스터블이오. 지역 치안판사입니다."

"전(前) 판사예요."

사라가 헛기침을 하면서 애니 귀에 속삭였다. 하지만 방에 있는 모두가 그 소리를 들을 수 있었다. 노신사가 사라를 노려보았지만 마지못해 인정했다.

"그렇소. 전 치안판사요."

"뵙게 되어 기뻐요."

애니가 대답했다.

이제 인사가 남은 것은 한 명의 남자 회원뿐이었다. 그런데 농부 같은 모습의 그를 보니 전에 길에서 경적을 울린 양과 함께 있던 농부가 생각났다. 그는 엉거주춤 몸을 일으켜 테이블 위쪽으로 거칠고 까맣게 그을린 손을 내밀었다.

"조지입니다."

그는 간단히 이름만 말하고는 손을 단단히 잡고 악수했다. 이름을 듣고(George라는 이름에 '농부'라는 뜻이 있음 - 역자 주) 웃음이 나올 뻔했지만 참았다. 농담이라고 해도 그저 무례하다고만 생각할 것이다.

"우린 구면입니다."

그녀는 당황하며 조지의 눈을 바라봤다. 그의 얼굴에는 바깥 활동을 많이 하는 사람 특유의 흔적이 있었다. 코도 햇빛에 탔지만 밉상은 아니었다. '데이트 후보자 한 명 추가'라고 생각하며 그녀는 환하게 웃었다.

"그래요?"

"처음 폴젤에 온 날 말이오. 당신이 엄청 빠르게 달려와서 나와 양을 칠 뻔했지요."

처음에 했던 예상이 맞았던 것이다. 애니의 얼굴이 빨갛게 달아올랐다. 데이트는 무슨, 조지가 정말로 폴젤에 도착한 첫날 언덕

길에서 칠 뻔했던 그 농부가 맞았다니. 모두의 눈이 애니에게 향했다. 눈을 어디에 둬야 할지 모르겠다.

'아 너무한 것 아닌가. 어떻게 여기서 만나니.'

"아."

조지가 눈썹을 치켜올리더니 자리에 앉았다.

"놀라셨나 보군요."

"저…… 정말 죄송해요."

"이제 그 길에서는 속도를 줄여야 한다는 걸 아셨겠죠?"

어찌 대답해야 할지 난감해 이러지도 저러지도 못하고 있던 애니를 구해준 것은 생각지도 못한 인물이었다. 사라가 또 트림을 하더니 조지를 쏘아보며 말했다.

"듣다 보니 열 받네요, 조지. 당신은 한 번도 그 언덕길에서 속력을 낸 적이 없던 것처럼 말하잖아요!"

그녀는 와인을 단번에 들이켜고는 또 한 잔을 채우려고 병에 손을 뻗었다. 제법 많은 양의 와인을 테이블에 흘리며 따르는 모습을 다른 사람들이 못마땅한 듯 쳐다보았다. 사라는 심지어 연달아 딸꾹질까지 했다.

"젠장, 우리가 아무리 바빠서 밟아대도 60밖에 안 나와요. 딸꾹. 그런데 애니가 급해서 그렇게 달렸기로서니, 딸꾹, 우리가 뭐라고 할 수 있겠어요?"

조지와 사라의 눈이 마주쳤다. 화가 나서인지, 잠시 조용히 있던 그가 이내 어깨를 으쓱하고 말했다.

"뭐, 틀린 말은 아니군."

"딸꾹. 그래도 솔직하게 인정해주니, 딸꾹, 고맙군요."

노신사 피터 콘스터블은 트위드 재킷 주머니에서 빳빳한 하얀 면 손수건을 꺼내서 맞은편의 사라에게 건넸다.

"거기 와인 좀 닦아요. 이 테이블 비싼 골동품이라고 들었소."

"당신처럼 말이죠, 피터."

사라는 반항하듯 중얼거리다 가브리엘과 눈이 마주친 후 정신을 차리고 말했다.

"죄송해요. 딸꾹, 제가 엉망으로 만들어버렸네요."

그녀는 피터가 준 손수건으로 와인을 닦았다. 패티의 뜨개질바늘이 잠시 느려졌다.

"자 그럼 이제 회의를 시작해볼까요? 우리 모두 정식으로 애니와 인사했고 말다툼도 끝난 것 같으니 말이에요."

가브리엘이 미소 지으며 끄덕였다.

"패티 말이 맞습니다. 시간은 별로 없는데 오늘 밤 정해야 할 일이 산더미거든요. 파이 퀸을 뽑는 일부터 시작해서 파이 굴리기 대회 세부 진행 사항도 논의해야 하고, 교회당에서 식후 다과 행사를 맡아줄 자원봉사자도 뽑아야 합니다."

그는 앞에 있는 서류를 뒤적거렸다.

"이제 공식적으로 본회의를 시작하겠습니다."

"당연히 그러셔야죠. 재미없는 얘기나 시작해봐요."

사라가 비꼬듯 말하고는 시끄럽게 딸꾹질했다.

"앗, 미안합니다."

하지만 재미없다는 사라의 말은 틀리지 않았다. 꽤나 많은 말이 오갔지만, 대부분은 그 치안판사와 셜리가 중심이었다. 두 시간 반 동안 이 둘의 현대 사회에 대한 모든 견해가 좌중에 떠다녔다. 요즘 젊은이들의 행동은 끔찍하고, 소음 공해도 끔찍하고, 시내를 통과하는 교통도 끔찍하고, 파이 만드는 실력도 끔찍하면서 점점 형편없어지고, 부당하게 이익을 갈취하는 사람들은 파이 속에 집어넣고 구워도 싸다며 만족스러운 얼굴로 마무리했다.

파이 만들기에서 어떻게 부당이익으로 주제가 넘어갔는지 기억조차 나지 않았다. 가브리엘이 빈 커피 잔으로 테이블을 두드리고 파이 축제 회의를 마치겠다고 하기 전까지는 꽤나 지루하고 반복되는 내용이 논의되고 있었다. 중간 휴식 시간에 겨우 애니가 조지에게 사과를 할 때가 그나마 의미 있는 시간이었다.

다들 저녁인사를 나누며 두셋 짝지어 나갔고 애니는 사용한 컵과 와인 잔을 치우며 뒷정리를 도왔다. 사라가 그녀의 뺨에 키스하며 속삭였다.

"전화할게."

그러고는 휘청거리며 계단으로 사라졌다.

"조심해요. 계단이 매우 가팔라요."

애니가 걱정하며 말했다.

"자기, 난 괜찮아!"

조지가 불쑥 계단 위쪽에서 나타나서는 사라에게 손을 내밀며 믿음직한 목소리로 말했다.

"내게 기대요."

그녀는 그와 천천히, 조용하게 계단을 내려갔고, 잠시 뒤 문이 닫히는 소리가 들렸다. 뒤를 돌아보니 가브리엘이 바로 뒤에 서 있었다. 애니는 눈을 깜빡이며 가브리엘의 덩치가 참 크다는 생각을 했다. 공간을 압도할 정도였다.

"이건 어디에 둘까요?"

탁자에서 수거한 컵과 유리잔을 가리키며 물었다.

"그냥 둬요. 내가 나중에 치우겠소."

"아니에요. 어려운 일도 아닌데요."

그녀는 그를 피해 이곳저곳으로 시선을 옮겼다. 그와 단둘이 있다는 사실이 갑자기 실감 났다. 좁은 창문 사이로 바깥을 보니 어느새 땅거미가 내려앉아 있었다. 애니는 주방을 찾으려고 했지만 여러 개의 문 중 어느 것이 주방으로 통하는 문인지 알 수 없었다.

"숨기지 말고 주방이 어딘지 말해줘요. 당신과 패티가 쉬는 시간에 거기에서 커피를 만들었잖아요."

"애니……."

그녀는 마치 커피 컵이 위험한 순간에 자신을 지켜줄 부적인 마냥 서둘러 몇 개를 품에 품었다.

"주방이 어디예요?"

애니는 고집스럽게 물었다. 가브리엘은 한숨을 쉬며 말했다.

"저기를 지나면 바로 나와요."

손가락으로 가리키는 곳을 보니 오른쪽에 반쯤 열린 문이 있었다.

"아, 고마워요."

그가 마지막 와인 잔과 빈 병 세 개를 들고 그녀를 따라왔다. 애니는 자신이 가브리엘의 사적인 공간을 침범해서 그가 불편해하는 듯한 인상을 받았다. 그러면서도 둘 사이에 묘한 긴장감이 돌았다. 그건 이성으로서의 끌림이었다.

"아무 데나 내려놓으면 될 거요."

양쪽이 싱크대로 되어 있는 주방은 모든 게 깔끔하고 기능적이며 모던했다. 표면은 빛이 났다. 주전자 위 봉에 하얀 머그컵이 일렬로 줄지어져 걸려 있었다. 엉망진창인 아래층의 가게와는 영 딴판이었다. 여기는 분명 혼자 사는 남자의 공간이다. 아니 홀아

131

비의 공간이라고 해야 하나.

"제이미는 같이 안 살아요?"

"방이 두 개이긴 한데, 제이미도 자기만의 공간을 원해서요."

"외롭겠어요."

가브리엘은 대답을 하지 않았다. 애니는 자신의 혀를 깨물어버리고 싶었다. 지금 그는 죽은 아내를 생각하고 있는 걸까?

주방 제일 가까운 쪽에 컵을 내려놓았다. 그러고는 잠시 망설였다. 둘 사이의 적막이 갑자기 오싹하게 느껴졌다.

"설거지라도 도와드릴까요?"

재빨리 도망치고 싶으면서도 또 그대로 떠나기도 싫었다.

"식기세척기가 있으니 괜찮소."

"그럼, 세척기에 넣는 걸 도와드릴게요."

"아니, 그러지 말아요."

"왜요? 내가 그렇게 덜렁대는 사람은 아니에요."

"누가 그렇답니까? 그냥 지난번에 넣어둔 그릇들을 아직 꺼내지 않아서 그래요."

"그럼 그릇 꺼내는 거 도와드릴게요."

"하지만 어디에 둬야 할지 모르잖소. 혼자 하는 게 훨씬 빨리 끝날 거요."

애니는 그를 노려보며 말했다.

"답정너 같은 사람이네요."

가브리엘은 미동도 않고 그녀를 응시했다. 대체 왜 그런 말을 한 걸까. 그렇지 않았으면 지금은 사이가 좋았을 텐데.

"항상 그런 건 아니오."

낮은 목소리로 그가 말했다. 애니는 그 목소리에 당황했다. 이제 해도 졌으니 집으로 가거나 어디든 숨어야 할 것 같았다. 하지만 이내 가브리엘이 그녀의 팔을 잡아챘다. 애니는 놀라서 그의 얼굴을 보았다.

"가브리엘, 제발……."

당연히 예상하던 일이었고 싫지만은 않은 느낌이었다. 그럼에도 그가 고개를 숙여 키스를 하자 이상한 전율이 일었다.

둘이 함께 바닷가를 걸었던 바로 그날 이후로, 탄탄한 그의 몸과 헝클어진 검은 머리를 상상하며 몽상에 빠져들곤 했다. 보드를 어떻게 타야 하는지 알려주던 그의 손길도 잊을 수가 없었다. 이제 그 두 손이 자신의 어깨를 잡고 있고 자기 몸으로 더 밀착시키는 그 몸은 다가올 관능적인 관계를 암시하는 것 같았다.

가브리엘과 더 깊은 관계를 맺는다는 생각만으로도 심장이 빠르게 뛰고 얼굴이 달아올랐다. 어깨를 잡고 몸을 밀착시킨 것만으로도 이 지경이었다. 남자에게 키스를 받은 건 정말 오랜만이었다. 결국 그녀도 사람일 뿐이었다.

"애니."

그는 고개를 들어 속삭이고는 그녀의 목에 입술을 댔다.

"네?"

"오늘 나와 같이 있어요."

심장이 어찌나 크게 쿵쾅거리던지 놀라서 한동안 숨을 멈췄다가 속삭였다.

"같이 있자고요?"

"오늘 밤은 여기서 지내요. 내 침대에서. 나와 함께."

'아, 세상에.'

가브리엘이 다시 키스했다. 그의 넓은 어깨에 기대어 그의 부드러운 검은 뒷머리를 만졌다. 마치 물에 빠지는 듯한 느낌이 들었다. 쾌락으로 빠지는 것 같은 느낌이었다. 하지만 그가 구해주었다. 이건 인생 최고의 키스라고 생각했다. 그리고 그가 계속해주기를 바라고 있었다.

'오늘 밤은 여기서 지내요. 내 침대에서. 나와 함께.'

바로 그러겠다고 말하고 싶었다. 그녀는 내숭 떠는 스타일도 아니었고 순진하지도 않았다. 그리고 두 사람 모두 성인이다. 그와 밤을 함께 보내지 말아야 할 이유가 있을까? 어쩌면 온몸에 흐르는 짜릿한 긴장감을 몰아내고 이 비밀스러운 욕망에서 한 걸음 떨어져 그의 다른 면모를 볼 수 있을지도 모른다. 그렇다면 이것은 좋은 기회가 될 것이다. 가브리엘과 함께라면 즐거울 것 같았다. 정말로 즐길 수 있을 것 같았다. 아마 인생 최고로 관능적이고 감각적인 경험을 하게 될 것이다.

하지만 그때 갑자기 언니와 레오가 머릿속에 떠올랐다. 그와 함께 모든 욕망이 차갑게 식어버렸다.

"그럴 수 없어요."

애니는 그를 밀쳐냈다. 하지만 가브리엘은 그녀를 놓아주지 않았다. 반짝이는 눈으로 그녀를 바라보며 말했다.

"나를 원하지 않아요, 애니?"

"아니, 그게…… 정말로 당신을 원해요."

가브리엘이 얼굴을 찌푸리자 짙은 갈색 눈썹도 같이 일그러졌다.

"아니, 그럼 대체 뭐가 문제요?"

애니는 거친 숨을 몰아쉬었다.

"레오 때문이에요. 지금쯤 집에서 날 기다리고 있을 거예요. 레오는 아직 애잖아요. 그러니 밤새 혼자 지내게 할 수는 없어요."

"그럼 몇 시간만이라도 있어요."

결정하기 힘들었다. 하지만 생각할수록 거절하는 게 옳은 결정이라는 확신이 들었다

"안될 것 같아요. 집에 불이 났는데 어른이 없어 구해주지 못하면 어떻게 해요? 당신과 함께 있는 동안 레오에게 무슨 일이라도

일어나면 어떻게 해요?"

그녀는 고개를 가로저었다.

"생각만 해도 견딜 수가 없어요. 설사 아무 일도 없어서 우리가 계속 만난다고 쳐요. 그런데 레오가 우리 관계를 알게 되면 자기는 버림받았다 생각할 수도 있잖아요? 나는 레오의 보호자가 되기로 했으니 필요할 때 그 아이를 지켜주어야 해요."

"레오는 이미 십 대요. 어린애가 아니란 말이오. 어쩔 수 없이 레오를 돌본다고 해서 당신이 금욕적으로 살아야 한다고는 생각하지 않을 거요."

"당신은 부모가 아니니 모를 거예요."

애니는 자신의 입장을 이해해주기를 바라며 가브리엘의 눈을 바라보았다.

"언니는 아들을 나에게 맡기고 갔어요. 그러니 언니가 원하는 대로 해야 해요. 그리고 나 스스로도 그렇게 할 거예요."

"애니……."

"미안해요, 가브리엘. 하지만 난 당신과 시작할 수 없어요. 사실 그 누구와도 그럴 수가 없죠. 레오가 무탈하게 대학에 갈 때까지는요."

가브리엘의 얼굴이 굳어졌다.

"알겠소. 그게 당신의 최종 결정이군."

애니가 고개를 끄덕였다. 마음 한구석에서는 그에게 너무 빠질 게 두려워 이런 결정을 내리는 게 아닐까 하는 생각도 들었다. 다른 사람에게 이토록 끌려본 것이 실로 오래간만의 일이어서 그 사람과의 관계에 아직 몰두할 준비가 되지 않은 것 같았다. 하지만 가브리엘에게 끌리는 것은 그녀 자신도 어쩔 수 없는 일이었다. 본능이 그 감정을 내보이지 말라고 경고하고 있었다.

하지만 끌린다고 해도 소용없는 일이다. 이렇게 끈적한 키스를 하는 게 고작이니까.

"네, 맞아요. 미안해요."

"알겠소."

가브리엘은 그녀의 어깨를 놓아주고는 뒤로 물러나 청바지 뒷주머니에 손을 찔러 넣었다.

"나도 유감이오."

9

이후 몇 주 동안은 협상, 전화, 이메일, 끝없는 위원회 회의로 정신없이 지나갔다. 애니는 축제에서 맡은 다과 준비를 제대로 해내리라 단단히 결심했고 그로 인해 눈코 뜰 새 없이 바빴다.

학교는 여름방학에 들어갔다. 레오는 집에서 빈둥거리거나 해변가에서 시간을 보냈다. 제이미의 인내심 많은 가르침 덕분에 서핑도 배울 수 있었다. 애니도 헷갈리는 몇 명을 제외하고는 거의 모든 마을 사람의 이름을 외웠다.

마침내 파이 굴리기 대회가 코앞으로 다가왔고 좋든 나쁘든 간에 모든 일들은 계획대로 준비되었다. 그녀는 행사 후 다과 시간이 성공적으로 끝나기만을 바랐다.

애니는 행사 당일 아침에 서둘러 옷을 입고 체리핑크색 립스틱을 바른 후 뜨거운 콘월의 태양 속으로 길을 나섰다. 집을 나서기 전에 레오의 방을 들여다보았지만 그는 이미 온데간데없었다.

폴젤에 사는 누구든 최근의 애니를 본다면 이상하게 여길 것이다. 그녀는 대부분의 시간을 음료 배달 건으로 마지막 순간까지 엄청나게 고민하거나 꼭 필요한 전화번호를 알아내고는 기쁜 나머지 가게 안에서 춤을 추며 보냈기 때문이다. 개중에는 못마땅하다는 듯이 쳐다보는 손님도 있었고, 한 나이 든 농부는 클라우디아에게 새로 온 직원의 정신이 괜찮은지 묻기도 했다. 클라우디아는 애니가 미친 건 아니고, 런던에서 왔다고 말했다. 그러자 그 농부는 마치 런던 사람에 대한 평생의 생각이 맞았다는 듯이 고개를 끄덕이며 지팡이를 짚고 자리를 피했다.

애니는 거의 매일 가브리엘을 만났지만 위원회 업무에 대해 이야기하거나 간단한 인사를 하는 것이 전부였다. 그날 일로 분명 화가 났을 것이다. 하지만 그는 티 내지 않고 평소대로 냉소적인 목소리와 때때로 화난 듯한 시선을 보내는 것이 전부였다.

애니는 자신의 결정을 후회하고 있었다. 얼마나 후회스러운지 이루 말할 수 없었다! 가브리엘은 정말이지 너무나 매력적이다. 그야말로 매력적이라는 말은 그를 위해 존재하는 말인 것 같았다. 어둡고 냉혹하지만 매력적인 남자. 그런 그를 제 발로 차버린 것이다.

하지만 그날의 결정은 결과적으로는 옳은 것이었다. 그 짜릿한 키스 후 조심스레 집으로 돌아왔을 때 레오가 불만에 찬 표정으로 창문가에 서 있었기 때문이다.

"아주 오래 걸렸네요."

화가 났는지 목소리가 떨렸다.

"회의가 늦게 끝났어."

예상치 못한 레오의 공격적인 목소리에 애니가 당황해서 둘러 댔다.

"그래요? 이상하네요. 다른 사람들은 한참 전에 가던데요. 사람들이 차에 타는 거 봤어요. 그런데 이모는 같이 나오지 않던데요."

"너한테 일일이 설명을 해야 하는지 모르겠지만 회의 끝나고 뒷정리를 도왔어. 커피 잔이랑 접시 같은 것들을 치웠단다."

레오는 입술을 떨며 애니를 노려봤다. 이제 막 자라기 시작한 콧수염이 보였다. 레오는 이제 반은 소년이지만 반은 어른이다. 그는 자기가 이모의 보호자라고 생각하는 게 분명했다.

"그 남자 좋아하죠, 이모?"

"뭐라고?"

"그 남자…… 가브리엘 말이에요. 그 남자랑 자고 싶은 거잖아요?"

핵심을 찌르는 말은 충격적이었지만, 애니는 곧 대화의 주제를 그의 행동으로 바꿨다.

"버르장머리 없는 소리 말아. 무슨 말버릇이야 이게? 당장 네 방으로 가. 또 한 번 그런 식으로 말하면 혼날 줄 알아."

"그럴 줄 알았어."

레오가 짧게 외쳤다. 둘은 팽팽한 긴장이 흐르는 속에 서로를 응시했다. 이내 애니가 물었다.

"가브리엘이 왜 마음에 안 들어? 도둑질한 게 걸려서?"

"아니에요, 그런 거!"

레오는 흥분해서 말을 제대로 하지 못했다. 그러더니 갑자기 말을 쏟아냈다.

"그거랑 전혀 상관없어요. 그 사람은 그냥…… 그냥 좋은 사람이 아니에요. 이모랑 그 남자는 안 돼요. 싫다고요."

"네 방으로 가!"

레오는 인상을 찌푸리고 잠시 버티더니 방으로 돌진한 후 방문을 세게 닫았다. 그 힘에 집의 얇은 벽이 흔들렸다. 그녀는 뜨겁게 달아오른 볼에 손을 가져다 대고 눈을 감았다.

'그 남자를 좋아하냐니…… 말도 안 돼. 망할! 어쩌면 좋아!'

레오는 이제 겨우 열세 살이다. 아직 한참 어린 나인데 어쩜 이렇게 눈치가 빠를까? 몸 안에 어른들의 애정관계를 탐지하는 레이더라도 들어 있는 건가?

다음 날 아침 레오는 아직 뚱했지만 학교에 가면서 조그마한 목소리로 사과했다.

"죄송해요."

그러고는 그날 저녁, 집에 돌아와서는 그 일에 대해서 한마디도 하지 않았다. 하지만 애니는 레오의 마음을, 가브리엘에게 갖는 그녀의 감정에 대해 레오가 어떻게 생각하고 있는지를 분명하고 확실하게 알 수 있었다.

조카는 다른 남성의 관심에 질투하고 있었다. 그녀는 본능적으로 알 수 있었다. 레오의 감정을 무시하고 계속 가브리엘과의 만남을 이어갔다면 콘월로 오면서 쌓아온 신뢰를 깨트릴 수도 있었을 것이다. 레오의 깨지기 쉬운 자신감을 무너트리지 않아야 했다. 이것은 언니와의 약속이었다.

엄마의 죽음으로 인해 그는 산산이 부서져 속으로 피를 흘리는 채 홀로 남겨졌다. 폴젤에서 새롭고 행복한 삶이 막 시작하려는 이때에 다시 그 어두운 시기가 찾아온다면 상황은 최악으로 치닫게 될 것이다.

그래서 가브리엘은 포기하라고 스스로에게 단호하게 말했다. 바라보기만 하라고. 절대 그를 만지면 안 된다고.

하지만 그를 바라보는 것만으로도 몸을 만지고 키스하는 것처럼 흥분되었다. 애니는 어쩔 수 없이 절절한 후회를 곱씹으며 부단히 그를 피해야 했다. 그를 생각하고, 그에 대한 이야기를 듣고, 주변에서 마주치면 칠수록, 그가 그녀에게 인생의 의미를 가져다

줄 바로 그 사람이라는 확신이 들었기 때문이다. 레오의 보호자라는 지위가 아닌 전혀 새로운 존재의 의미를 부여해줄 사람이 바로 그인 것만 같았다.

'젠장. 다 망해버려라.'

편모의 삶이란 이런 것인가? 이렇게 금욕을 강요당하는 것인가? 레오의 행복을 위해 자신의 행복을 포기해야 하는 것인가? 편모의 삶이 원래 그렇다고 하더라도, 애니는 자기에게 그런 이타심이 있는지도 확신하지 못했다.

어쨌거나 너무 마음이 아팠다.

대회 후 교회당에서 있을 축하 행사 준비물을 확인한 후, 애니는 북적대는 인파를 뚫고 언덕으로 내달렸다. 사람들에게 이리 밀리고 저리 밀릴 때마다 소리쳤다.

"실례할게요. 정말 죄송해요. 잠시만요."

날씨는 환상적이었다. 열대지역 못지않게 더웠고, 구름 한 점 없는 파란 콘월의 하늘이 펼쳐져 있었다. 바다에서 불어오는 산들바람이 열기를 식혀주었다.

산마루에서 몇 백 야드 떨어진 거리에 '폴젤 파이 굴리기 축제'라고 써진 대형 플래카드가 걸려 있었다. 그 아래로 흰색 출발선에 사람들이 모여 있었다. 정성스레 포장한 파이를 가슴에 안고 있는 참가자들은 물론 클립보드를 들고 있는 심사위원들과 위원회 회원들, 그리고 많은 응원객과 구경꾼들이 깃발과 풍선을 흔들고 있었다.

사라도 보였다. 검정색 짧은 반바지에 진홍색 탑을 입고 애니라면 엄두도 못 낼 하이힐을 신고 있었다. 저런 걸 어떻게 신을 수 있을까? 그녀의 발은 플랫 슈즈를 신었는데도 벌써 아파왔다.

사라는 애니를 보고는 작은 행사 깃발을 흔들며 불안정한 걸음으로 다가왔다. 묶은 머리가 느슨해져 금색 파도가 밀려든 것처럼 머리카락이 얼굴 주위에 사자 갈기 모양으로 헝클어져 있었다. 하지만 사라는 그녀답지 않게 머리를 정리하려고 하지 않았다. 결전의 날이 오니 말 그대로 다 내려놓은 것 같았다.

"야호! 파이를 굴릴 시간이 왔어요, 애니!"

"안녕하세요, 사라."

"애니!"

애니와 사라는 요란스러운 포옹과 볼 키스를 나눴다. '쪽. 쪽. 쪽!' 이 짓을 피하고 싶은 마음에 실제로 도망을 간 적도 있었지만 막상 해보니 생각보다 기분이 좋았다. 사라의 환한 얼굴을 보며 말했다.

"기분 좋아지는 약이라도 먹었나 봐요? 지난번에 봤을 때보다 기분이 훨씬 좋아 보이네요."

"아자, 아자, 아자!"

사라가 구호처럼 외치며 작은 깃발을 공중에 흔들어댔다.

"왜냐면 이제 정말로 다 끝났거든요. 파이 굴리기 대회가 마지막이에요. 그런 거 아무도 신경 쓰지 않지만. 이제 몇 달간은 자유예요. 크리스마스 축제 기획이 시작되기 전까지는요."

"크리스마스 축제요? 정말이에요?"

"미안하지만, 사실이에요."

사라는 애니의 가슴을 쿡쿡 세게 찔렀는데, 어깨를 찌르려다 잘못해서 가슴으로 향한 것 같았다.

"어머나!"

사라는 방금 전에 검지로 세게 찌른 애니의 가슴에 손을 뻗으며 걱정스러운 얼굴로 말했다.

"미안해요. 거기에 가슴이 있는 줄 모르고. 조금 문지르면 괜찮을 거예요. 많이 안 아파야 할 텐데. 오늘 자꾸 핀트가 안 맞네요."

"아야, 아파요. 정말로. 그리고 이제 그만 문질러요. 거기 가슴이거든요!"

"미안해요! 제기랄! 아무튼 하려는 말은."

사람들이 밀려오는데도 사라는 부끄러운 것도 없이 목소리를 낮춰 계속 말했다.

"크리스마스에는 뜨거운 토디(독한 술에 설탕과 뜨거운 물을 넣고 만든 술 - 역자 주)와 데운 와인을 마셔요. 거기다 산타 복장을 한 멋진 남자들이 선물을 주는 거죠. 그러니까 그렇게 나쁘지 않아요."

뒤에서 들려온 굵직한 남자 목소리에 애니는 숨을 멈췄다.

"좋은 아침입니다. 숙녀 분들."

사라는 즉시 몸을 돌려 자세를 취했다. 그녀의 눈은 악의 반 기쁨 반으로 빛났다. 그러고는 애니에게 속삭였다.

"잘나신 위원장님께서 납시셨네."

그러더니 앞으로 나가서는 큰 소리로 말했다.

"어머, 가브리엘! 여기서 만나니 정말 좋네요. 정장 입으니 좀 좋아요? 자주 좀 그렇게 입고 다녀요. 맨날 땀에 젖은 일꾼처럼 보이는 그 낡은 청바지 말고요. 아, 물론 그런 옷이 안 어울린다는 말은 아니에요!"

그녀는 애니에게 곁눈으로 눈을 찡긋하고는 말을 이었다.

"어쨌든, 오늘은 키스를 받을 만하지 않겠어요? 우리의 그간의 노력이 보상받는 날이잖아요."

가브리엘은 놀란 것 같았지만 주눅 들지는 않았다. 그는 이미 그녀의 변덕스런 성격과 감정 변화에 익숙해져 있는 것 같았다. 아니면 얼굴에 분칠한 여인의 공격에는 가만히 있는 게 상책이라고 생각했을 수도 있다.

사실 사라의 말도 틀리지 않았다. 밝은 갈색 바지에 팔꿈치까지 소매를 걷어 올린 빳빳한 흰 셔츠 차림의 가브리엘은 점잖고 섹시해 보였다. 더욱이 검정 넥타이를 매니 업무적으로 중요한 일을 맡고 있는 사람처럼 보였다. 그에게 자꾸만 가는 눈길을 자제하느라 힘들었다.

사라는 몸을 붙이고 그에게 키스했다. 그녀의 풍성한 금발 머리 때문에 두 사람의 얼굴이 보이지 않았다. 가브리엘이 사라를 밀쳐 내지 않고 어깨에 손을 올리고 있는 모습에 애니는 자기도 모르게 질투가 났다.

그녀는 애써 두 가지 사실을 생각하며 마음을 가라앉히려고 노력했다. 첫째, 가브리엘과 사라는 서로를 좋아하지 않는다. 둘째, 가브리엘은 사귀는 사람이 없다. 그러니 그 누구와도 자유롭게 키스할 수 있다.

그래도 여전히 그 모습을 지켜보는 건 너무나 괴로운 일이었다.

그때 오토바이 소리가 들려왔다. 애니는 놀라 뒤를 돌아봤다. 농부 조지가 타고 온 사륜 오토바이였다. 조지는 첫날 그녀가 거의 들이받을 뻔했던 이 지역의 농부로 위원회 모임 때마다 사라의 격앙된 공격을 받는, 즉 그녀가 한참 열중하고 있는 남자였다.

가브리엘은 시동을 끈 조지를 짜증난다는 눈빛으로 바라보았다.

"조지, 이 도로는 파이 굴리기 대회 때문에 통제하고 있소. 이제 막 시작하려는 참인데. 안내문도 안 읽었어요?"

"이봐, 그렇게 화내지 마."

조지는 투덜대면서 사라를 쏘아보았다.

"그래, 당신 말이 맞아. 방금 키스한 것 때문에 질투가 나더라고. 이제 만족해?"

사라가 애니에게 눈을 찡긋하고는 말했다.

"미안해요, 애니. 놀랐죠? 조지랑 요새 사귀거든요. 어차피 알게 될 거라 숨길 필요는 없을 것 같아요. 내가 다른 남자와 키스해도 상관없다고 조지가 그러잖아요. 나는 미칠 듯이 질투할 거라고 했고. 그래서 가브리엘을 이용해서 증명해 보인 거죠. 기분 상하게 했다면 미안해요."

사라와 조지가 사귄다는 건 좋았지만 뭐라고 해야 할지 몰라 주저했다.

"난 괜찮아요."

"어쩐지 이상하다 했지."

가브리엘은 애니 쪽은 보지도 않고 말했다. 둘 사이에는 보이지 않는 팽팽한 긴장감이 맴돌았다.

"사라에게 이렇게 열렬한 환대를 받을 리가 없는데. 평소 같으면 못 잡아먹어 안달이 난 사람이 말이지."

사라는 악의 없이 그에게 혀를 쏙 내밀었다.

"재수 없는 인간."

"골 빈 여자."

그가 차분하게 받아쳤다. 둘이 한 것이 가짜 키스라고는 했지만 여전히 걱정스러웠다. 최근 가브리엘과 사라의 관계는 나쁘지 않아 보였고 그녀의 질투 유발 작전도 그럴듯했다. 사실 사라가 조지와의 관계를 밝히지 않았다면 그녀의 이번 여름 상대는 가브리엘이라고 생각했을 것이다. 그리고 만약 그랬다면 정말 견디기 힘들었을 것이다.

조지는 모여든 사람들을 바라보며 물었다.

"올해는 흥미로운 참가자들이 없던가?"

"그런 게 왜 궁금해?"

사라가 머리를 넘기며 시비조로 말했지만 눈에는 기대감이 가득했다.

"당신 일이라면 언제나 궁금하거든."

"앙큼한 양반."

확실히 사귀긴 하나 보다.

"특히 축하 파티가 기대가 돼. 당신도 올 거지?"

조지가 은근한 표정으로 사라를 보며 말했다.

"물론."

"나랑 춤도 출 거고?"

사라의 뺨이 붉게 물들었다.

"음…… 춤을 추는 시간이 있는지는 몰랐네."

"그런 거 없어요."

애니가 둘에게 단호하게 말했다. 그녀는 다과 준비에 대해서나 들었지 밴드나 오케스트라 얘기는 듣지 못했다. 정말이지 다행스러운 일이었다. 다과 준비만으로도 일이 넘쳐나는데 음악을 선정하고 공연 장소를 찾기까지 해야 했다면 정말 힘들었을 것이다.

"그럼 끝나고 우리끼리 클럽에 가면 돼. 제대로 놀아보는 거야. 당신이랑 애니도 가고."

조지가 가브리엘을 보며 말했다. 그는 말없이 어깨를 으쓱했다. 하지만 애니는 클럽에 가도 이들의 들러리나 될 텐데 굳이 갈 이유가 없다고 생각해 고개를 세게 저었다.

"사양할게요. 정말이에요. 두 분이서 맘껏 놀다 오세요. 전 춤추는 거 싫어해요. 춤도 못 추고요. 무엇보다 행사 후 뒷정리도 해야 해요."

"그건 내가 도와주겠소."

가브리엘의 말에 깜짝 놀랐다. 갑자기 얼굴에서 열이 나는 것 같았다. 짝짓기를 하기로 한 걸까? 하지만 레오를 잊어서는 안 되었다.

"고맙지만, 괜찮아요."

"내 맘이오."

'저 고집불통!'

"뭐, 그렇다면 고마워요."

다과 행사가 끝나고 사람들이 나가면 정리할 일도 산더미일 터였다. 종이 접시와 컵도 치우고 의자는 차곡차곡 쌓고 테이블은 제자리로 갖다 놓아야 한다. 그녀는 연회 준비를 위해 사람들을 배치하긴 했는데 나중에 정리할 사람의 명단은 준비하지 못했다.

가브리엘이 도와준다고 해서 그렇게 큰 문제가 되지는 않을 것이다. 누군가가 이것을 크게 문제 삼지만 않는다면 말이다. 물건을 훔친 벌로 그의 가게에서 일을 하게 되면 가브리엘에 대한 레오의 감정이 조금은 부드러워질 줄 알았다. 하지만 레오는 뭐가 마음에 안 드는지 집에 올 때마다 뚱한 얼굴이었다. 혹시 레오는 그를 무서워하는 것일까.

레오가 가브리엘을 무서워한다면, 그것은 딱히 놀라운 일도 아니었다. 열세 살 애도 아닌데, 애니도 가끔은 그가 무서울 때가 있기 때문이다. 그런데도 그의 존재감은 마치 십 대로 되돌아간 것마냥 들뜨고 설레게 만들었다. 모든 게 정말이지 터무니없었다.

그녀의 마음을 읽기라도 한 듯 가브리엘이 중얼거렸다.

"레오는 아마 바닷가에서 시간을 보내고 있을 거요. 오늘 아침에 잠수복을 입고 지나가는 걸 봤소. 다른 애들과 서핑 하러 가는 것 같았소."

"아침에 어디로 사라졌나 했더니만."

애니는 레오의 소식을 듣고 안도의 한숨을 내쉬었다.

"고마워요. 친구도 사귀고 밖에 나가 함께 어울린다니 기쁘기 그지없네요. 하지만 이렇게 말도 없이 사라지지는 말았으면 좋겠어요."

사라가 안아주며 말했다.

"레오는 사춘기잖아. 애들 머릿속에는 쓸데없는 자기 고민 말고는 아무것도 없다니까요. 핫플레이스, 여자애들, 거시기 크기 같은 거요."

조지의 콧방귀를 무시하고 사라는 말을 이었다.

"오늘 어디 간다고 말하는 건 아예 생각도 안 하고 있을 거예요. 방 청소나 쓰레기 버리기 같은 하찮은 일이라고 생각할 거야."

"그렇긴 하겠네요."

애니는 힘이 빠졌다. 레오와의 문제에 가브리엘도 엮여 있지만 지금은 차마 그를 볼 수가 없었다.

"요새는 다가가기도 힘들다니까요. 정말 어떻게 해야 할지 모르겠어요."

그때 누군가가 그들 사이를 비집고 나와 가브리엘의 어깨를 잡았다. 모자와 트위드 재킷을 입은 작고 거무스레한, 마치 조지의 축소판 같은 남자였다.

"가브리엘, 준비 끝났어요. 대회 참가자들 확인도 마쳤고요. 설마 시간을 잊으신 건 아니겠죠?"

"아, 이런. 시간이 벌써 그렇게 됐나?"

가브리엘이 모두를 바라보며 고개를 끄덕했다.

"자, 이만 가보겠습니다. 파이 굴리기 규칙을 읽고 굴리기를 시작해야죠. 이따 교회당에서 봅시다."

그는 조지의 축소판 같은 남자와 함께 군중 사이를 요령 있게 빠져나가 성큼성큼 걸어갔다. 멀어져 가는 그의 모습을 보니 가슴이 아렸다. 사라는 흐트러진 머리를 넘기며 조지에게 새침한 표정을 지었다.

"여기선 볼 게 없는데, 더 가까운 게 좋을까?"

"나야 좋지."

조지가 허리에 팔을 두르자 사라가 낄낄거렸다.

"나는 대회를 말한 거였는데."

"나도 그래."

"으흥, 이 짐승. 자 이리 와요. 그런데 이건 치우는 게 좋겠어요."

"어떤 거?"

사라는 낄낄거리면서, 먼지가 자욱한 길옆에 세워진 오토바이를 고개로 가리켰다.

"당신 오토바이요. 파이 굴리기에 방해가 될 테니까요."

"아, 그렇군."

그가 애니를 보고 씩 웃더니 언덕 아래로 향했다.

"금방 돌아올게요."

조지가 시야에서 완전히 사라지자 애니는 사라에게 놀라움을 표했다.

"자, 다 털어봐요. 아니, 저번에는 서로 죽이지 못해 안달이더니 무슨 일이래요? 언제 미움이 사랑으로 바뀐 거예요?"

사라의 얼굴에는 웃음이 떠나지 않았고, 스스로도 매우 만족스러워하는 것 같았다.

"애니, 그러니까 우리 사이에 떠돌던 그 긴장감은 성적으로 끌려서 그랬던 거였어. 서로가 미워서 그런 게 아니라. 너무 진부한 이야기긴 해요. 모임 끝나고 하루는 그이가 집까지 바래다줬거든요. 가는 중에 말다툼을 해서, 내가 그의 뺨을 때렸지 뭐예요. 그런데 그이는 나한테 키스를 하더라니까. 그다음에는 뭐, 침대로 직행했죠. 그날 이후로 만났다 하면 바로 침대행이에요. 하지만 비밀이에요. 그게, 몰래 하니까 훨씬 재미있거든요. 우리 둘만의 은밀한 비밀 같은 거랄까. 근데 아마 지금쯤이면 모두 다 알고 있을 거예요. 이런 작은 마을에서는 비밀이 없거든요."

"놀랍다. 그러니까 결국 둘은 행복하게 잘 살았다 뭐 그런 얘기인 거예요?"

"아 그런데 정말 모르겠어요. 이게 격정적으로 끓어오르는 한때의 욕망인지, 아니면 그 이상인지. 솔직히 그게 중요한 지도 모르겠고. 어찌 됐든 오토바이에 올라타는 것도 좋지만 그 이상으로 그이 위에 올라타는 건 정말 끝내줘요."

사라가 말을 끝내며 그녀에게 윙크했다.

"이런 색녀!"

모퉁이에서 조지가 나타나자 사라가 그녀를 쿡 찔렀다.

"빨리 말해봐요. 가브리엘과는 어떻게 돼가요? 자세히 좀 말해봐요. 온 마을 사람들이 두 사람의 떠들썩한 썸에 열을 올리고 있거든요."

"썸?"

"그렇게 놀랄 필요 없어요. 이건 전적으로 자기 잘못이니까. 위원회 모임 첫날 밤에 가브리엘과 좋은 시간 보냈잖아요. 그 다음날 오후에는 마을 사람 모두가 알았어요. 그러니까, 너무 부주의했다고요!"

애니는 입술을 꽉 다물고 생각에 빠졌다.

"아니 그러고서도 아무도 눈치 채지 못 할 거라 생각한 거예요? 그날 밤 모두가 집 앞에서 쌍안경을 들고 보고 있었을 걸요."

"뭐라고요?"

사라는 놀리듯 웃으며 애니를 꼬집었다.

"자, 자, 얌전 빼지 말고. 가브리엘이 당신의 세련된 런던 스타일에 푹 빠졌던데요 뭐. 둘 사이에 무슨 일이 있든 제일 재미있는 부분은 나한테 꼭 말해줘야 해요. 내 칼럼에 실을 거니까요."

"지금도 충분히 채우고 있는 거 같은데."

조지가 뒤에서 말하고는 스피커에서 익숙한 저음의 음성이 나오자 사라의 팔을 잡았다.

"들어봐요. 가브리엘이 규칙을 말하고 있어요. 출발선에 더 가까이 가봅시다."

사라는 그녀의 뺨에 뽀뽀하고는, 조지와 함께 연단 가까이 가면서 손을 흔들었다.

"이따 봐요!"

먼지 쌓인 길 한쪽에 홀로 남겨진 애니는 저 앞 연단 위에 서 있는 가브리엘의 검은 머리를 쳐다보았다. 절대 그에게 빠져서는 안 된다. 할 일이 너무도 많은 지금 그에게 빠진다면 아무 일도 못 하게 될 것이다.

그녀는 주변을 돌아보았다. 아는 얼굴들이 보였다. 기념품 가게의 비키가 모두를 향해 상냥하게 웃고 있었다. 몸집이 크고 자신감 있어 보이는 패티는 클립보드를 들고 심판들을 제자리로 안내하고 있었다. 지팡이에 기대고 있는 노신사 피터 콘스터블은 약해 보이는 외관과는 다르게 마을의 원로 정치인이었다. 올리비아와 필립 핸더스톨은 사람들에게 명함을 돌리고 있었고, 셜리는 머리를 크게 부풀려 말아 올렸다. 그 외에도 행사 준비를 도운 많은 사람들이 행사의 분위기를 즐기고 있었다. 하지만 클라우디아의 모습은 보이지 않았다. 그녀는 가게를 지키고 있었기 때문이다. 그녀는 가게 시간이 가브리엘을 중심으로 움직일 필요는 없다고 다짐하듯 말했다.

이웃의 많은 사람들을 알아보고 그들도 애니를 알고 있다는 것 자체만으로 시골 생활에 제대로 적응했다는 안정된 소속감을 주었다. 폴젤로 이사 온 후로 세상은 그녀에게 호의적으로 변하고 있었다. 가질 수 없는 남자를 갈망하며 멈춰 있기보다는 다시 심장을 뛰게 해야 한다. 레오에게 상처를 주지 않으면서.

대회 참가자들이 출발선에 줄지어 서 있었고, 파이는 포장도로 위에 이미 자리를 잡고 있었다. 파이 굴리기 대회는 충돌을 막기 위해 릴레이로 시작한다. 어제 셜리에게 들은 바로는 올해는 총 스물세 명이 참가한다고 한다. 이 지역뿐 아니라 다른 나라에서 온 참가자도 있었다. 심지어 호주에서 온 참가자도 있었는데, 이는 주최 측에서 보면 대성공이었다.

기다리고 있는 사람들 속에서 애니는 가만히 생각했다. 사실 이곳은 아름답기도 하지만 때로는 무섭다고 느껴질 때가 있다. 물론 마을 사람들은 친절하고 허물없이 대화를 나누기도 하지만 다른 사람의 일에 너무 관심이 많았다.

'가브리엘과는 어떻게 돼가요? 마을 전체가 두 사람 얘기뿐이에요.'

레오가 요즘 왜 그렇게 뚱한지 알 것도 같았다. 분명 그의 친구들도 둘에 대해 이러쿵저러쿵 얘기를 했으리라.

정말로 억울한 건 위원회 모임 첫날, 기념비적인 그날 밤에 애니는 그에게 손가락 하나, 아니, 손끝 하나 대지 않았다는 것이다. 애니는 자주 그의 꿈을 꾸고 상기된 얼굴로 일어나곤 했다. 가끔 그 꿈은 아주 야하고 관능적인 꿈일 때도 있었다. 하지만 그런 꿈을 꾸기는 해도 실제로는 손끝 하나 대지 않았다.

'가브리엘이 당신의 세련된 런던 스타일에 푹 빠졌던데요 뭐.'

'하느님! 제발 그렇게 되기를!'

갑자기 경적 소리가 울렸고 함성이 터져 나왔다. 모든 사람들이 응원하며 축제 깃발을 흔들었다. 경주가 시작된 것이다!

순식간에 밀려들었던 구경꾼 무리가 애니 앞에서 갈라졌다. 첫 번째 파이 굴리기 참가자가 거대한 패스트리 파이를 굴리며 빠른 속도로 애니를 향해 달려오고 있었다. 삼십 대 초반의 금발의 덩치 큰 여자 참가자는 하얀색 반바지와 빨간색 행사용 티셔츠를 입고 있었다. 종아리는 사이클 대회 우승자처럼 단단했다. 아마

올해 내내 대회를 위해 훈련을 했을 거란 생각을 하며 급히 파이를 위해 길을 비켰다.

"행운을 빌어요!"

애니가 뒤에서 소리쳤지만 그 참가자는 신경도 쓰지 않고 파이를 제대로 굴리는 데 집중했다.

갑자기 애니는 많은 사람에게 둘러싸였다. 대회 참가자들은 크고 다루기 힘든 파이를 햇빛이 비치는 도로를 따라 굴리는 데 여념이 없었고 구경꾼들은 그들을 뒤따르며 응원하고 있었다.

아주 잠깐, 행복이 넘치는 순간에는 대회가 대성공인 것 같았다.

그러다가 한 남자가 다른 참가자와 부딪치는 바람에 두 사람의 파이 모두 코스를 이탈해 가시 울타리 쪽으로 굴러가버렸다. 욕을 하며 비틀대던 두 참가자들이 서로 멱살잡이를 하자 위원회 회원들이 둘을 떼어놓았다. 울타리에 걸린 망가진 파이의 겉 조각이 마치 빛나는 색종이 같았다.

애니는 트로피 진열을 위해 시간 맞춰 교회당으로 내려가야 한다는 사실을 생각해냈다. 하지만 그녀는 지금 제일 뒷줄에 있었다. 서둘러 뒤돌아서 선두 그룹을 쫓아갔지만 사람들이 몰려 있어 쉽지 않았다.

"실례합니다. 잠시만요."

크게 외쳤지만 소용없었다. 뜨거운 햇빛에 얼굴이 상기되었다.

애니는 점점 더 절박한 심정으로 사람들을 밀쳐내며 길을 나아가기 시작했다. 하지만 뒤에서 너무 세게 미는 바람에 그 충격으로 애니도 앞 사람을 뒤에서 밀치고 말았다. 애니의 앞에 있던 남자는 길가로 밀려나가 후발 주자인 한 참가자와 부딪쳐버렸다.

"아야, 대체 어떤 놈이야……?"

그녀는 우뚝 서서 돌아보았다.

밀려 나간 사람은 바로 제이미였다. 무릎을 잡고 길가에 넘어져 누워 있는 그의 얼굴과 목이 파이 범벅이 되어 있었다. 그의 모습을 보자 애니는 죄책감이 들어 정말 미안한 목소리로 외쳤다.

"정말 미안해요!"

괜히 서두르다가 상황을 악화시키는 걸 누구보다 잘 하는 것이 바로 애니였다. 불쌍한 제이미는 그런 그녀의 희생양이 된 것이었다.

그와 부딪친 운 나쁜 참가자는 어떻게 할까? 허리에 손을 짚고 있던 여자가 분노에 차 둘을 노려보고 있었다. 예민한 오십 대처럼 보이는 그녀는 검정 점프 슈트에 행사 티셔츠를 입고 운동화를 신고 있었다.

"이게 무슨 짓이에요? 당신이 한 짓을 좀 봐요! 내 파이가 엉망이 됐잖아요. 이 상태로는 내리막길에서 굴릴 수가 없다고요."

그녀는 소리 지르면서 몸을 굽혀 자신의 파이를 주웠다.

"음······ 어차피 우승은 물 건너간 것 아닐까요. 거의 꼴찌였잖아요."

제이미가 무릎을 문지르며 지극히 현실적으로 말했다.

"부전승으로 이길 수도 있었어요. 선두 그룹의 파이가 레이스 막판에 갈라지거나 모양이 형편없어지면, 온전한 모양의 파이가 수상할 수도 있어요. 그런데 내 파이가 길바닥에 이렇게 널브러져버렸다고요."

"제 얼굴에도요."

"정말 죄송합니다. 그건 그렇고 파이가 정말 맛있어 보이네요."

애니는 여자 참가자에게 사과하고는 제이미와 망가진 파이를 보며 얼굴을 찌푸렸다.

"파이는 무······ 무슨 맛이에요?"

그녀는 입술을 꽉 다문 채 아무 말도 하지 않았다. 제이미가 입술을 핥아 자신의 얼굴에 남아 있는 파이의 맛을 보았다.

"음······ 양고기 같아요. 그리고······ 체리 젤리도 들어간 것 같네요."

"크랜베리가 들어갔어요."

여자가 못마땅한 듯 대답했다.

"맛있네요."

여자는 분노와 괴로움과 씨름하는 것 같더니 겨우 한마디 내뱉었다.

"고맙군요."

그러고는 길바닥에 널브러진 파이를 밟아 뭉개버리고 다른 사람들을 따라 언덕 아래로 성큼성큼 걸어갔다.

"주최 측에 이 사건을 신고할 거예요. 그때까지 기다려요!"

"우리가 그 주최 측이라는 걸 모르니 다행이네요."

애니가 중얼거렸다. 그러고는 제이미가 아직도 바닥에 누워 무릎을 웅크리고 있는 걸 깨달았다.

"많이 다쳤어요?"

그는 자신의 무릎을 쓱 보더니 얼굴을 찡그렸다. 피부가 까지고 피가 나고 있었다.

"보기보다 심각하진 않은데 처치를 하긴 해야겠어요. 문제는 대회 후에 일을 하러 가야 하는데 이런 상태로는 무리일 것 같네요. 오늘 오후에 바닷가 구조대원 자리가 하나 비겠어요."

"그렇진 않을 거야."

부드러운 목소리가 들려왔다. 애니는 허둥거리며 돌아보았다. 가브리엘이 동생을 일으켜 세우려 태양에 그을린 손을 내밀고 있었다.

"내가 대신 서줄게, 제이미. 대신 너는 가게를 봐주면 돼."

"고마워. 역시 형이야!"

애니가 당황하며 가브리엘을 보았다.

"그래도 돼요? 해상구조대 자격증이 있어요?"

두 형제가 함께 웃었다.

"물론이오."

그렇게만 대답하고 가브리엘은 이제 사라져버린 마지막 참가자들 뒤로 제이미가 절뚝거리며 언덕을 내려가도록 부축해주었다. 그녀는 그 뒤를 따라가며 가브리엘의 떡 벌어진 어깨와 탄탄한 팔을 속절없이 쳐다보았다.

"가게를 열기 몇 년 전에 자격증을 땄소. 틈틈이 보수 과정도 수료해서 최신 규정도 숙지하고 있지."

가브리엘은 주변을 둘러보다가 자신의 몸을 얼빠진 눈으로 보고 있는 애니의 시선을 눈치 채고는 얼굴을 찌푸리며 말했다. 분명 애니가 그를 바라보는 이유를 오해한 것이다.

"그리 놀랄 일은 아니지 않소?"

"그렇죠."

몇 년이 흘렀다고 해도 아직 아내의 죽음은 상처로 남아 있을 것이다. 물에 빠져 죽었다는 사실만으로도 가슴 아픈 일이지만 가브리엘은 전문 구조요원이었다. 그때 그가 있었더라면 아내를 구할 수 있었을지도 모르는 일이다.

그들은 천천히 언덕을 내려와 조금 전 수십 명의 사람들과 굴러다니는 파이가 뒤엉켜 있던 먼지투성이의 급커브 길에 다다랐다. 해는 이제 중천에 떠 있었다. 애니가 폴젤에 처음 도착했던 날처럼 멀리서 바다가 반짝이고 있었다. 하지만 그날과는 다르게 길은 부서진 갈색 파이 조각이 여기저기 떨어져 지저분했고, 금방이라도 울 것 같은 참가자들은 조각을 주우려 애쓰고 있었으며 주변의 양들은 풍선을 든 어린애들을 향해 격렬하게 울어대고 있었다.

"조지가 있어야 할 것 같은데."

그들 옆을 지나는 양을 바라보며 제이미가 말했다. 애니는 빨간 풍선을 가진 아이 옆에 멈춰 섰다. 먼지투성이 얼굴을 한 작은 소년이었다.

"길을 잃었니? 같이 부모님 찾아볼까?"

"엄마가 파이 껍질을 떨어뜨렸어요. 저는 엄마가 파이 조각을 주워서 오길 기다리고 있어요."

소년은 수수께끼 같은 말을 했다. 아이의 엄마는 길옆에서 젖은 파이 조각을 모으고 있었다. 애니는 소년을 그대로 두고 가브리엘과 제이미와 다시 합류했다.

"저 껍질은 규정상 안 되는 것 같은데요. 너무 물러서 대회 끝까지 유지할 수 없을 텐데."

"사람들은 규칙을 마음대로 해석하니까요."

가브리엘이 어쩔 수 없다는 듯 어깨를 으쓱했다.

"뿌린 대로 거두는 겁니다. 이건 파이 굴리기 대회지 자유 참가 대회가 아니오."

"그럼 형이 저들에게 말해주면 되겠네."

보물섬에 나오는 외다리 선장 키다리 존 실버마냥 제이미가 한 발로 총총 뛰며 웅얼거렸다.

가브리엘이 애니를 곁눈으로 보았고 그녀는 그의 시선을 피했다. 그의 시선을 견딜 수 없었다.

애니는 둘 사이의 긴장감이 견딜 수 없을 지경에 이르렀다고 생각했다. 이사까지 생각하기도 했다. 하지만 그건 바보 같은 일이었다. 자신과 레오는 이제 막 콘월 생활에 적응을 하기 시작했기 때문이다. 레오도 폴젤에서의 생활을 즐기기 시작한 참이었다. 가브리엘을 향한 이 말도 안 되는 자신의 욕망과 열기를 식히려면 얼음 샤워라도 해야 할 판이었다.

"우…… 우승자가 누구인지 궁금하네요."

가브리엘이 좀처럼 시선을 거두지 않아 그녀는 간신히 더듬거리며 말했다.

"지금쯤이면 경기도 끝났을 테니 이제 곧 우승자 발표가 있을 거예요."

"현지인은 아닐 것 같아요."

제이미가 씁쓸한 듯 말했다.

"거의 매번 그랬던 것 같아요. 그래도 우승자의 이름과 그 사람이 굴린 파이가 어떤 파이인지 들어는 봐야죠."

애니는 고개를 흔들며 밝은 목소리로 말했다.

"아쉽지만, 같이 보진 못할 것 같네요. 교회당에 가야 해요. 준비할 게 너무 많거든요. 트로피와 다과가 잘 차려졌는지도 확인해야 하고요."

그러나 그들이 모퉁이를 돌아 마을에 접어들었을 때, 커다란 엔진 소리와 함께 먼지투성이 오토바이에 올라탄 사라와 조지가 나타났다.

"애니!"

조지가 시동을 미처 끄기도 전에 사라가 오토바이에서 뛰어내리며 소리쳤다. 어찌나 급하게 내리던지 하이힐이 벗겨질 뻔했을 정도였다. 머리는 엉망에 안색은 창백했고 걱정이 가득한 얼굴이었다.

"당장 가야 해요. 빨리 타요. 조지 뒤에 나 대신 타면 돼요. 그럼 더 빨리 갈 수 있어요."

애니는 어안이 벙벙하여 그들을 쳐다봤다.

"무슨 소리예요? 내가 어딜 가요?"

"바닷가로 가야 해요. 레오에게 큰일이 생겼어요. 큰 파도가 와서 해류가 바뀌는 바람에 레오가 바다로 휩쓸려 갔어요."

사라가 그녀를 한 번 안고는 오토바이 뒤로 밀었다. 조지의 얼굴도 굳어 있었다.

"말도 안 돼."

그녀는 두려움에 떨며 속삭였다.

"내가 애니를 데리고 가겠소."

가브리엘이 불쑥 말했다. 부축하고 있던 손을 놓으니 제이미가 바로 쓰러졌다.

"내려요, 조지."

조지는 망설이다가 가브리엘의 얼굴을 보더니 두말 않고 오토바이에서 내렸다. 가브리엘은 재빨리 운전석에 타고는 애니를 돌아보고 말했다.

"내 허리에 팔 두르고 꽉 잡아요. 걱정하지 말고. 무슨 일이 있어도 레오를 구하겠소."

애니는 고개를 끄덕이고는 오토바이가 출발하기 전에 마지막으로 그를 한 번 봤다. 오토바이는 속도를 최대로 높여 해변으로 달려갔다.

10

숨을 쉴 수가 없었다. 쉬는 것 자체가 불가능했다. 앞에 있는 남자를 꼭 붙들고 공기가 없는 진공 상태인 공간 속에 앉아 있는 것 같았다. 폐는 젖은 장갑처럼 갈비뼈 뒤에 웅크리고 있는 것 같다. 가브리엘은 둑을 그대로 넘어 모래사장으로 향했다. 쿵 하는 소리와 함께 힘없이 늘어져 있던 애니의 몸이 올라갔다 내려왔다. 애니는 깜짝 놀라 숨을 내뱉었다.

그때까지 숨을 참고 있었다는 것을 깨달았다.

맙소사.

해변가의 상점들을 지나갈 때 보니 클라우디아가 '영업종료' 표지판을 걸고 있었다. 그녀는 오토바이 소리에 놀라 그들을 바라보았다.

클라우디아도 소식을 들었을까?

애니는 가브리엘을 더 꽉 붙잡았다. 가슴이 가브리엘의 등에 닿았지만 그는 신경 쓰지 않는 것 같았다. 저 멀리 하얗게 부서지는 파도를 향해 오토바이는 별 다른 어려움 없이 축축한 모래사장을 내달렸고, 관광객들과 일광욕을 하던 사람들이 흩어지며 그들에게 길을 터주었다. 모두가 자신을 알고 있는 것처럼 여겨졌다. 조카를 돌보지 않은 그 여자. 태만하고 이기적인 여자. 조카를 물에 빠져 죽게 한 여자라고.

"빨리요. 서둘러줘요."

시끄러운 엔진 소리에 묻혀 자신의 말이 들리지 않는다는 것을 알면서도 애니는 그에게 속삭였다.

젖은 모래가 튀고 연달아 물이 튀어 애니의 맨다리를 적셨다. 정신을 차리고 보니 벌써 수심이 얕은 곳에 도착해 있었다. 오토바이 아래로 하얀 포말이 섞여 있는 바닷물이 넘실거리면서 모래 속으로 스며들었다. 저 앞에 밀려들어오는 파란 물결 속에서 검은 형체들이 보였다. 그저 잠수복을 입은 서퍼들이라고만 생각했다. 그 뒤쪽으로는 모터보트가 앞뒤로 지그재그를 그리며 뭔가를 찾는 듯이 움직이고 있었다. 모터보트는 파도 뒤로 사라졌다가 몇 초 후 하얗고 푸른 파도 위에 다시 나타났다.

가브리엘이 오토바이에서 뛰어내려 손을 내밀었다.

"여기로 내려요. 조심하고."

내려오자마자 그가 애니를 붙잡았다. 물이 발목까지 차올라 신

169

발이 다 젖었지만 신경 쓰지 않았다.

"레오는 어디 있어요?"

그녀는 급히 물으며 수평선으로 눈길을 돌렸다.

"이럴 수가. 레오는 어디 있는 거예요?"

"우리가 찾을 거요."

가브리엘은 애니를 해상구조대 본부로 안내했다. 오토바이에서 몇 미터 떨어진 모래 위에 빨간 지프가 서 있었다. 그는 구조대원들과 아는 사이처럼 인사했다. 그중 연장자처럼 보이는 남자가 애니를 한쪽으로 데려가 상황을 설명하기 시작했다. 아이들은 대부분이 서핑 보드나 보디 보드를 타며 물에서 놀고 있었다고 한다. 그런데 갑자기 큰 파도가 덮쳐 한두 명이 파도 속으로 사라졌다. 얼마 후, 누군가가 레오가 없어졌다고 알려왔다. 그런데 처음에 약간의 혼선이 있었다. 어떤 사람들이 레오가 해변가 저 위쪽으로 가서 무사하다고 말했기 때문이다. 하지만 곧 경보가 울렸다. 해상구조대 중 한 명이 쌍안경으로 레오를 발견한 것이다. 바닷가에서 약 오백 미터 정도 떨어진 곳이었다.

"아마도 파도가 밀려 나갈 때 쓸려간 듯합니다."

구조대원이 사과하듯 설명하며 걱정스러운 눈으로 그녀를 보았다.

"하지만 걱정하지 마십시오. 지금 노련한 구조 팀이 그를 찾고 있어요. 헬리콥터도 오고 있습니다. 할 수 있는 모든 조치를 다 하고 있습니다."

'밀려 나가는 파도에 쓸려갔다고? 가브리엘의 아내도 그래서 죽은 거 아닌가? 며칠 동안 시체도 찾지 못했잖아.'

애니는 흠뻑 젖은 신발을 벗어 던지며 바다로 향했다.

"나도 갈 거예요. 레오를 찾아야 해요."

그때 손 하나가 그녀의 팔을 붙잡았다.

"멈춰요, 애니."

"이거 놔요. 레오는 내 조카라고요!"

그녀는 가브리엘에게 소리 질렀다. 스스로가 통제가 되지 않았다. 사람들이 쳐다보는 가운데, 뺨으로 눈물이 계속 흘러내렸지만 상관없었다. 지금은 레오가 안전하게 돌아오는 것만이 중요했다.

"레오는 언니가 이 세상에 남겨놓은 유일한 존재예요. 나에게 맡기고 갔다고요. 레오를 못 찾으면……"

가브리엘은 애니를 강하게 안았다.

"괜찮을 거요."

"아뇨, 그렇지 않아요."

"내가 꼭 찾아오겠소. 내가 당신 대신 찾겠소."

애니는 확신을 받고 싶은 절박한 마음으로 고개를 들어 그를 보았다. 비록 그녀를 안심시키기 위해 거짓으로 내뱉은 말이더라도, 지금은 그 말이라도 붙잡고 싶었다.

"약속할 수 있어요? 레오를 꼭 안전하게 데리고 오겠다고?"

"맹세하리다."

가브리엘이 침착하게 말했다. 마치 그것이 세상에서 제일 쉬운 일인 것처럼. 똑같은 일로 아내를 잃었던 일이 없었던 것처럼. 그는 구조대원에게 말했다.

"테리, 구명조끼 던져줘요."

"미안하네, 가브리엘. 자네를 내보낼 수는 없어."

테리는 안타깝다는 듯 고개를 저으며 말했다.

"자네도 규정을 알지 않나. 오늘 근무하는 날이 아닌 자네를 보낼 순 없어."

"대체 그 썩을 규정이 뭐라고!"

가브리엘은 그렇게 말하고는 애니에게 키스한 후 구명조끼를 입지도 않고 수심이 낮은 곳으로 곧장 뛰어갔다.

"가브리엘!"

테리의 얼굴은 겁에 질려 있었지만 목소리에는 놀라움이 배어 있었다. 불러도 소용없었다. 그는 이미 신발을 벗어 던지고 수심이 허리까지 오는 곳까지 가 있었기 때문이다. 잠시 후에 다가오는 파도를 향해 머리부터 뛰어들어 모터보트가 수색하는 곳까지 수영해 가기 시작했다.

너무 순식간에 벌어진 이 모든 일에 충격을 받은 애니는 발목 언저리에서 찰랑이는 물속에서 걸어 나왔다. 아직 바다에는 가브리엘의 짙은 머리가 보였다. 태양의 거대함을, 그리고 바다는 인간에게 있어 잔인하고 냉혹한 곳이라는 사실을 새삼 실감했다.

그 순간 애니는 가브리엘이 자신을 위해 무슨 일을 하고 있는지 깨닫게 되었다. 그녀의 조카를 구하기 위해 그 깊고 차가운 대서양으로 뛰어든 것이다. 옷도 갖춰 입지 않고 구명조끼도 걸치지 않은 채로.

애니는 손으로 입을 틀어막았다. 두 사람 모두를 잃으면 어떻게 하지?

푸른 회색빛의 광대한 바다를 걱정스럽게 바라보며 기다리는 시간이 영원처럼 길게 느껴졌다. 그때 구조대의 무전기에서 소리가 들려왔다. 잡음 섞인 소리 중에 몇 개의 단어를 알아들을 수 있었다. 애니는 재빨리 달려가 구조대원을 보았다.

"뭐라는 거예요? 레오를 찾았대요? 어떻게 된 거죠? 말 좀 해주세요!"

"가만있어 봐요."

대원이 반복되는 메시지에 귀를 기울이며 인상을 쓰고 있었다.

"제발. 레오를 찾았대요?"

테리가 들려오는 단어에 귀를 기울이며 굳은살이 박인 두꺼운 손가락을 들어 애니의 입을 다물게 했지만, 그녀는 정신이 나가 무전기를 빼앗으려 들었다.

"여보세요? 여보세요?"

그녀는 다급하게 말하며 수화기의 버튼을 누르고 소리쳤다.

"레오를 찾았나요? 가브리엘? 가브리엘 거기 있어요?"

잡음이 더 많이 나더니 이윽고 익숙한 목소리가 들려왔다.

"찾았어요……. 무사해요……. 애니."

가브리엘이었다. 숨이 가빠서 그런지 그의 목소리가 들렸다 안 들렸다 했지만 분명 기분은 좋아 보였다.

"우리는…… 지금…… 해변으로……."

치—칙—

"테리에게 전해…… 수건도 준비해달라고."

그 말을 들은 애니는 그만 웅덩이에 무전기를 떨어뜨리고 말았다.

"어머, 죄송해요."

그녀는 맨발로 미친 듯 덩실덩실 춤췄다. 사람들의 시선도 꽤의치 않았다.

"무사하대요. 두 사람 모두."

구조대원이 떨어진 무전기를 집어 들자 애니는 그를 붙잡고 볼에 키스했다.

"쪽! 쪽! 멋쟁이!"

"아니 저기……."

구조대원이 놀라 중얼거렸다.

바다 쪽에서 구명보트가 돌아오는 것이 보였다. 보트 앞쪽에 구명조끼를 입은 낯익은 두 명의 얼굴이 보였다. 그녀는 하늘을 향해 진심으로 감사를 표하고는 바닷가로 쏜살같이 달려갔다. 반바지를 입어 다행이었다. 물론 속치마를 입고도 기꺼이 바다로 뛰어들었을 테지만. 그녀의 두 남자 모두 무사히 살아 있는 모습을 보니 가슴이 벅차올랐다.

'잠깐, 내 두 남자라고?'

애니는 비밀스러운 자기의 감정에 웃음이 나왔다. 비밀이라고는 해도 그렇게 잘 숨기지는 못했지만. 그러나 곧 레오의 비난 섞인 질책과 침울한 눈빛이 떠올라 웃음이 사라졌다.

'뭐, 레오도 어른이 되면 이해하겠지.'

하지만 그때까지 가브리엘이 기다려줄까? 기다리다 지쳐 다른 사람을 찾는 건 아닐까? 몇 년이 걸릴지도 모르는 일이니까.

"레오."

모터보트가 방향을 측면으로 틀어 속도를 줄이자 나지막이 이름을 불렀다. 햇빛에 반짝이는 두 사람의 얼굴이 가까이 왔다. 둘 모두 젖은 머리카락이 얼굴에 찰싹 달라붙어 있었다. 상실감은 씻은 듯 사라지고 기쁨과 안도감으로 가슴이 벅찼다.

"아, 가브리엘. 가브리엘!"

두 명의 구조대원이 레오를 지프로 수송하려 했지만 그가 거부했다. 자신을 기다리고 있는 애니를 보았던 것이다.

"엄마, 죄송해요! 그렇게 멀리 나가려던 게 아니었어요."

레오는 자기도 모르게 또 엄마라고 부른 것에 당황하여 덧붙였다.

"아니, 애니 이모."

애니는 레오를 꼭 껴안았다. 알 수 없는 고통이 느껴졌다. 레오는 두 번이나 실수로 자신을 엄마라고 불렀다. 비록 진짜 엄마는 아니지만 애니에게 있어 레오는 아들만큼이나 가까운 존재였고, 그녀도 자신을 그의 엄마라고 생각하기 시작했던 것이다.

"엄마라고 불러도 돼. 무사히 돌아와서 다행이야, 레오. 널 잃는 줄만 알았어."

"죄송해요."

"네 잘못 아니야."

레오가 고개를 저었지만 애니가 다시 말했다.

"누구의 잘못도 아니야. 바다는 인간이 알 수 없는 곳이니까. 다만 다음부터 서핑을 간다면 깊은 곳에 가지 않겠다고 약속해."

그는 고개를 끄덕이고는 잠수복 소매 끝으로 눈물을 훔쳤다.

"저기…… 좀 눕고 싶어요."

"걱정 말아라, 얘야."

테리가 서둘러 다가와 많은 양의 수건을 그의 어깨에 둘렀다.

"구급차가 오는 중이란다. 집에 가기 전에 병원에서 검사를 받아야 한단다. 운이 좋으면 하루는 병실에서 묵을 수도 있을 거야."

"병실에서 묵는 게 운이 좋다고요?"

레오가 멀뚱하니 그를 쳐다봤다.

"그게, 큰 병원에서 나오는 식사가 괜찮거든. 하루 정도 묵는 건 나쁘지 않아."

테리는 그에게 눈을 찡긋했다.

"어서 병원에 가야겠다."

"병원은 트루로에 있는 건가요?"

애니가 물었다.

"맞아요, 아가씨. 길을 모르면 차로 구급차를 따라오세요."

그녀는 감사의 미소를 지었다. 사람들의 친절함에 눈물이 차올랐다. 물론 그냥 눈병일지도 모른다.

"고마워요, 테리. 하지만 애니는 내가 데리고 갈게요."

가브리엘이 보트에서 내려 흠뻑 젖은 옷을 입은 채 걸어 나오

177

고 있었다. 셔츠와 넥타이가 풀어헤쳐져 검게 그을린 그의 맨가슴이 보였고, 밝은 갈색 바지가 착 달라붙어 모든 근육이 적나라하게 드러났고, 불룩한 바지 앞쪽도 도드라져 보였다. 그는 테리에게 수건을 받아 몸을 닦았다.

"집에 가서 옷 갈아입고 올게요. 그때까지 잠깐만 기다려요. 내가 트루로까지 데려다주겠소."

착 달라붙은 바지 위로 드러나는 그의 몸매를 본 애니는 입술을 깨물었지만, 눈을 뗄 수가 없었다.

"정말 고마워요. 하지만 당신 지금까지 물속에 있었잖아요. 그러니 운전은 내가 할게요. 당신도 검사를 받아야 할 테니까요."

테리가 입술을 오므리며 동의했다.

"그녀 말이 맞아, 가브리엘."

가브리엘은 좋다는 듯 눈을 빛내며 말했다.

"아니, 난 괜찮아요. 내가 보기에는 떨고 있는 건 내가 아니라당신인 것 같은데, 이 아가씨야."

애니는 약한 모습을 보이는 게 싫어서 그렇지 않다고 강하게말했다. 하지만 가브리엘의 말대로 다리가 후들거렸다. 너무 끔찍한 경험이었다. 게다가 레오가 병원에서 검사를 받아야 하니아직 완전히 끝난 것도 아니다.

"물에 뛰어들어 레오를 구해줘서 정말 고마워요. 레오를 잃는 줄로만 알았어요."

"내가 약속했잖소. 그리고 이렇게 약속을 지켰고."

가브리엘은 물이 뚝뚝 떨어지는 바지를 입고 서 있으면서 마치 바다에서 사람을 구하는 게 세상 쉬운 일인 것처럼 말했다.

"그건 그렇고, 대체 내 신발은 어디 있는 거요?"

"모르겠어요, 미안해요."

"뭐, 어차피 망가졌을 거요."

가브리엘은 레오의 젖은 머리를 헝클어뜨리고 웃으며 내려다보고는 말했다.

"레오, 네 이모랑 데이트하려고 하는데. 괜찮을까?"

애니의 숨이 멎었다. 레오는 눈을 깜빡이다 가브리엘과 애니를 번갈아 바라보고는 다시 눈을 깜빡였다.

"이모랑 데…… 데이트를 한다고요?"

가브리엘은 고개를 끄덕이고는 대답을 기다렸다.

"괜찮아요."

레오는 짧게 대답한 후 다시 생각에 잠겼다. 그의 머릿속이 훤히 보이는 것 같았다. 아마도 자신을 구해준 덕에 마침내 옆집 남자에 대한 신뢰를 갖게 된 것이리라. 아니면 상황이 상황인지라 감히 대들 수 없다고 생각하는지도 모른다. 아무래도 키가 백팔십 센티미터가 넘는, 이 터프한 남자에게 대들기는 쉽지 않을 것이다.

"정말 괜찮아요."

"좋았어."

가브리엘은 결연한 표정으로 손을 내밀었고 둘은 악수를 나눴다. 모래사장에 퍼지는 사이렌 소리에 주위를 둘러보았다.

"아무래도 구급차가 왔나 보군. 내가 보기엔 병원에 갈 필요는 없을 것 같은데. 오히려 좋아 보이기까지 하거든. 그래도 바다에 오래 있었으니 뇌에 이상은 없는지 검사를 받기는 해야 할 거야. 그리고 네 이모와 데이트하는 건 확실하게 찬성한 거다?"

"젠장, 그래요. 찬성했어요."

레오는 방금 한 욕에 잔소리를 하려는 애니를 못 본 척하고 대답했다. 그러고는 덜컹거리며 젖은 언덕을 가로질러 오는 콘월의 구급차를 바라보며 미소를 지었다. 그녀는 충격과 안도감이 뒤엉킨 감정으로 조카를 바라보았다. 혈색도 돌아왔고 모터보트에 있을 때보다 떨림은 훨씬 잦아들었다.

"대박 좋아요."

레오의 그 말에 가브리엘이 웃으며 그녀를 보았다. 그의 모든 매력이 저 미소에 담겨 있는 것 같았다.

"나도 그래."

그는 낮게 중얼거렸다.

애니가 숨을 죽였다. 이제 떳떳하게 데이트할 수 있다. 방금 했던 대화의 의미가 실감나기 시작했다. 따뜻한 그의 미소에 마침내 화답할 수 있게 된 것이다. 앞으로 펼쳐질 일을 생각하니 발끝에서부터 기쁨의 전율이 느껴졌다.

"저기 클라우디아가 와요!"

애니가 가리키며 소리쳤다. 클라우디아는 맨발로 젖은 모래사장을 가로질러 뛰어왔다. 레오가 무사하다는 것을 알고는 만면에 웃음을 지었다.

"앞으로는 클라우디아에게 좀 더 잘해야 해요, 알죠?"

애니가 가브리엘에게 말했다.

"그래야 하나?"

"당연하죠. 안 그러면……"

애니의 말에 웃으며 가브리엘이 대답했다.

"노력해 보겠소. 당신을 위해서."

그 때 갑자기 애니의 표정이 굳었다.

"어머나! 다과! 교회당에 가서 귀빈들을 접대하고 시상식 준비도 해야 하는데!"

심장이 방망이질 하듯 뛰었다.

"다 망쳐버렸어요. 그렇게 열심히 준비했는데. 사람들이 뭐라고 욕할까요."

"걱정 말아요. 조지가 알아서 했을 거요. 그 친구 할 일도 없었으니까."

"정말 그럴까요?"

"물론이오. 그러니 그렇게 안달하지 말고 잠시 숨이라도 돌려요. 당신은 걱정이 너무 많아, 애니. 그게 런던 스타일인지는 모르지만 이곳 콘월은 그렇지 않아요. 이제 스트레스를 해소하고 여유로운 삶을 배워야겠구만."

구급차가 방향을 돌아 천천히 후진하며 다가오자 가브리엘이 그녀의 어깨를 감싸고 젖은 모래 위를 걸었다.

힘겹게 거리를 두려 했던 그 몇 주가 지나고 지금 어깨를 감싸오는 그의 손길과 두 사람이 얼마나 가까이 서 있는지를 생각하니 행복감이 밀려왔다. 애니는 그를 향한 자신의 감정을 인정할 수밖에 없었다. 오랫동안 그를 밀쳐내려던 노력이 그녀의 마음을 얼마나 갉아먹고 있었는지 이제야 깨닫기 시작한 것이다.

바다에는 썰물이 천천히 들어오고 있었다. 그들이 서 있는 곳에도 사방에 물이 차오르고 있었다. 예쁜 마을과 북콘월 저 너머로 솟은 푸른 언덕과 어우러진 해변을 바라보았다. 너무도 멋진 광경이었다. 정착해서 살기에 너무도 완벽한 곳이다. 가브리엘의 말처럼 이제 걱정은 그만두고 축복을 누릴 시간이다.

가브리엘이 목소리를 낮추고 덧붙였다.

"게다가 믿을 만한 소식통에 의하면 조지가, 흠, 그러니까 그…… 구멍도 잘 막는다고."

애니는 너무한다며 그의 팔을 때렸다.

"어머, 어떻게 그렇게 말을 해요. 사라가 알면 어쩌려고."

"조지가 불쌍하지!"

그와 함께 웃으며 그녀는 기쁨과 안도감을 느꼈다. 얼굴에 느껴지는 콘월의 부드러운 햇살이 기분 좋았다.

잠시 후 몸에 수건을 두르고 레오가 아래를 가리키며 인상을 쓰고 말했다.

"방해해서 죄송한데요, 이모. 구급차 가라앉는 거 아니에요?"

에필로그

황금빛 햇살이 바닥을 가로질러 구겨진 침대 커버 위로 쏟아졌다. 빛으로 목욕을 하는 것 같은 달콤하고 관능적인 느낌이 들었다. 지금 이 순간, 나보다 더 행복한 사람은 없을 거라 애니는 생각했다.

잠결에 돌아누운 애니의 옆에는 짙은 색의 머리가 베개를 베고 누워 있었다. 부드러운 숨소리가 들렸다. 그녀는 손을 뻗어 햇빛에 그을린 그의 목 언저리에 난 잔머리를 어루만졌다. 그의 숨소리가 바뀌었다. 그녀는 수줍게 인사했다.

"잘 잤어요?"

그는 알아들을 수 없게 웅얼거렸다.

"뭐라고요?"

그가 신음하며 뒤척였다.

"레오가 언제 돌아온다고 했지?"

"내일모레쯤."

가브리엘이 돌아누웠다. 아무것도 걸치지 않은 모습으로 그의 허벅지를 애니의 허벅지 위에 걸쳤다. 아직은 이런 농밀한 접촉이 부끄럽긴 해도 기분은 좋았다. 아니 환상적이었다. 그와의 잠자리는 정말이지 꿈만 같았다.

"그래 이런 기분이지."

"나도 그래요."

그에게 아내의 일에 대해 말을 꺼내야 할지, 아니면 없던 일처럼 해야 할지 알 수가 없었다.

"혹시…… 나와 이러는 것에 대해 아내에게 죄책감을 느끼는 게 아닌가 해서요."

그가 길게 한숨을 쉬었다.

"빅토리아를 사랑했소. 종잡을 수 없는 여자였지. 사랑하지 않았다면 결혼도 안 했을 거요. 그녀가 그렇게 죽었을 땐……."

그가 머리를 저었다.

"아니, 이제 모두 끝난 일이오. 너무 일찍 그녀를 잃었던 거요. 몇 년 동안 괴로워했소. 하지만 이제 떨치고 일어나야 할 때가 된 거요. 인생을 다시 시작할 때 말이오. 당신은 이게 그녀를 배신하는 거라고 생각해요?"

"아니에요. 당신 말이 맞아요."

"여기에 다른 여인의 망령은 절대 없어요. 당신이 그걸 묻는 거라면 확실하게 말할 수 있어."

"정말 다행이죠. 이 침대는 세 명이 자기에는 좁잖아요."

가벼운 농담처럼 들리지 않길 바라며 대답했다. 다행히 그녀의 머리에 키스하고 재미있어하는 듯한 그의 목소리가 들려왔다.

"하지만 둘이 자기에는 정말로 편안한 침대지. 그리고 우리 둘이 함께 있을 수 있는 시간이 이틀이나 더 있고."

"그야말로 천국이죠."

가브리엘이 몸을 뻗으며 말했다.

"나는 레오가 마음에 들어. 괜찮은 녀석이오. 하지만 사춘기 사내 녀석이 집에 있으면 조금 그렇긴 하지. 그러니까…… 당신과 좋은 시간을 보내고 싶을 때 말이야."

애니는 이 문제로 싸우고 싶지 않았다. 레오가 거의 죽을 뻔한 사고를 겪은 지 얼마 되지 않았다. 그런데 레오가 갑자기 차로 한 시간 거리에 있는 보드민 무어로 사흘 동안 캠핑을 가도 되겠냐고 하는 것이다.

처음에는 여행 자체가 마음에 들지 않았다. 보드민 무어, 듣기만 해도 위험할 것 같은 곳이다. 어쩌면 바다에서의 사고 때문에 과하게 반응하고 있는지도 몰랐다. 하지만 그 지역 전문 인솔자가 그녀를 직접 만나 여행에서 무엇을 하고, 얼마나 안전한지를 설명해주었다. 그래서 결국 강아지 같은 눈빛으로 간절하게 부탁하는 레오를 외면할 수 없어서 친구들과의 캠핑을 허락했다.

"아직도 그곳에서 잘 지내는지 걱정은 돼요. 사고가 난 지 몇 주밖에 안 지났잖아요."

가브리엘이 그녀의 목에 키스했다.

"레오는 사춘기, 십 대라는 거 잊었소? 어른보다 훨씬 회복이 빨라서 누구도 대적할 수 없을 정도요. 그들을 막을 자가 없어서 곤란할 지경이지."

애니가 고개를 끄덕이며 말했다.

"오히려 그렇게 살아났다고 잘난 척하는 것 같아요."

"게다가 당신이 허락을 안 했으면 우리가 이렇게 같이 있지도 못했을 거요."

그는 한 손으로 그녀의 엉덩이를 유혹하듯 어루만지며 말했다.

"이런 짓도 못하고."

그는 부드럽게 말하며 그녀 위에 올라가 욕망 가득한 눈을 반짝이며 말했다.

"또 이런 것도."

애니는 가브리엘을 올려다보았다. 너무 흥분되어 숨을 제대로 쉴 수가 없었다. 어제 둘은 정력적이고 짜릿한, 전혀 새로운 사랑을 나누며 밤을 보냈다. 그녀는 어제의 후속편이 이어지기를 기대하고 있다.

"그리고 당신 언니도 당신에게 고마워할 거요."

애니는 한숨을 쉬고는 부드럽게 자기를 애무하는 그의 손길에 눈을 감았다.

"그럴까요?"

"당신은 아주 훌륭히 부모 역할을 해내고 있소. 녀석이 엄마를 잊을 수는 없겠지만, 폴젤 생활에 완전히 적응했고 학교에서도 잘하고 있소. 성적표 보면 알 거요. 다 당신 덕이지."

햇살 아래 건장한 남자와 침대에 함께 누워 사랑을 속삭이는 건 정말이지 호사스런 일이다. 졸리지도 않고 오히려 정신이 맑아졌다.

콘월에 온 건 인생에서 가장 멋진 결정이었다는 생각이 들었다. 이 여름 동안 그녀의 인생이 완전히 바뀌었기 때문이다. 모든 게 좋은 방향으로 바뀌었다. 가브리엘의 생활도 그러리라 생각했다. 애니가 폴젤에 처음 왔을 때, 가브리엘은 매섭고 외로운 한 마리 늑대였다. 그의 강한 눈빛과 그녀를 무자비하게 조롱하던 모습이 아직도 기억에 생생했다. 그의 가게에 들어서던 첫날, 애니는 그가 커다랗고 나쁜 늑대라고 생각했다.

하지만 지금의 그는 늑대라기보다는 호랑이 같았다.

그녀는 그를 감탄하며 올려다보고, 그의 탄탄한 몸을 쓸어내렸다. 행복으로 가슴이 터질 것 같았다. 안에서 솟구치는 이 강렬한 감정은 무엇일까? 소화불량일까? 아니면……

갑자기 눈물이 차올랐다.

"사랑해요."

자기도 모르게 그에게 속삭였다.

"당신을 너무 사랑해요, 가브리엘."

애니의 눈물에 가브리엘의 눈이 휘둥그레졌다. 애니는 가브리엘의 깊은 눈동자 안에서 그의 대답을 보았다.

"나도 사랑해요, 애니. 내 사랑."

둘은 침묵 속에 서로를 오랫동안 바라보았고, 서로의 따스한 사랑의 눈빛에 취했다.

"당신과 나, 그동안 꽤 힘든 시간을 보냈으니 이젠 좀 쉬어가도 돼요."

가브리엘이 침묵을 깨며 나지막한 목소리로 말했다.

"우리의 사랑도 조금 확인하고."

그녀는 햇볕에 그을린 매력적인 그의 얼굴을 보며 입술을 삐죽거렸다.

"조금만?"

그녀의 장난스런 목소리에 가브리엘이 웃음을 터뜨렸다. 그러더니 고개를 숙여 그녀 입술에 입을 맞췄다. 온몸이 달아오를 듯한 키스와 함께 단단한 몸이 짓궂게 눌러왔다.

기다랗고 단단한 것이 배 위에 닿았다. 혹시……? 어머 정말이네.

"어젯밤은 그저 몸풀기였지. 우리에겐 이틀 낮과 이틀 밤이 있소. 내 가방에 뭐가 있는지 보여주리다. 기다려요."

"당신…… 가방?"

애니가 키스 중간에 낄낄거렸다. 그리고 가브리엘의 말을 뜻을 알고는 숨이 멎을 듯한 황홀한 침묵에 빠져들었다.

작고 이상한 비치숍

초판1쇄 인쇄   2019년 12월 26일
초판1쇄 발행   2020년 1월 10일

지은이   베스 굿
옮긴이   이순미

발행인   신상철
편집인   이창훈
편집장   신수경
편집   정혜리 김혜연
디자인   디자인 봄에
마케팅   안영배 신지애
제작   주진만

발행처   (주)서울문화사
등록일   1988년 12월 16일 | 등록번호 제2-484호
주소   서울시 용산구 한강대로43길 5 (우)04376
편집문의   02-799-9346
구입문의   02-791-0762
팩시밀리   02-749-4079
이메일   book@seoulmedia.co.kr

ISBN 979-11-6438-015-2 (03840)